# Abartig

## Bizarre Geschichten einer Domina

Eva Engel

Erotikroman

## Zu diesem Buch

Das Buch handelt von Männern, die sich in Sex-Abenteuer stürzen, eine etwas andere Sicht von Erotik haben, das „Strenge" oder „Versaute" lieben. Kurz: Männer die Dominas aufsuchen. Sie trauen sich nicht ihre Neigungen ihrer Frau oder Freundin zu „beichten" – sind daher im Gegenzug gerne bereit, viel Geld für ihre „andere" Lust auszugeben. Oft lieben sie einfache Rollenspiele wie Schüler – Lehrerin. Oder ganz simpel: eine Frau zu berühren, die Lack und Leder am Körper trägt. Es sind Geschichten die das Leben schreibt über Frauen, die diesen Männern in ihrem Fetisch beistehen. Und Männer die sich mit Vorliebe schlecht behandeln lassen. Verbal und körperlich. Sie möchten bei den Dominas das Ausleben, was ihnen daheim verwehrt bleibt. Oft trauen sie sich nicht ihre Wünsche der Partnerin gegenüber zu äußern. Ist es Scham? Oder Angst davor, in der Gesellschaft als abartig abgestempelt zu werden?

Es ist eine Reise in die bizarre Welt von Dominas und ihren Sklaven. Eigentlich sind es ganz harmlose Damen. Die Sklaven sind meist sehr freundlich und nett – eben wie Herr Müller - quasi der hilfsbereite Nachbar von nebenan.

Mein wunderbarer Ehemann hat mir bei der Recherche zu diesem Buch sehr geholfen. Er durfte Dominas „testen". Erfahrungsberichte und Erzählungen praktisch aus erster Hand. Unglaubliche Geschichten die alle das Leben schrieb.

Im Endeffekt habe ich ein Handbuch für Sklaven geschrieben. Mit vielen bunten, lebensechten Erlebnissen, Plaudereien aus dem Nähkästchen. Eine Domina packt aus. Ein Sklavenführer? Bestimmt erkennt sich der eine oder andere mit SM-Neigung wieder.

Viel Spaß beim Eintauchen in eine versaute, andersartige, ja abartige Welt.

Für Jörg - meinen Ehemann, Haussklaven, Vertrauten, Geliebten, Ratgeber, Kritiker und allerbesten Freund. Er musste mich während der Zeit des Schreibens ertragen.

Danke für deinen Rat, dein Verständnis, deine Geduld, deine Domina-Tests und die gute Beratung in meinem Domina-Doppelleben ... ! Danke für alles !!!

# INHALTSVERZEICHNIS

## Vorwort

Martin steht auf Brustwarzenbehandlung. Steffen mag es, wenn er einfach nur gefesselt und dann weggesperrt wird. Erwin mag Gummimasken. Es sind ganz persönliche Geschichten. Erzählt von einer Domina. Von Männern, die sich gerne quälen lassen. Verbal. Oder mit dem Rohrstock. Über Sklaven, die ihren  Fetisch ausleben, Rollenspiele, Natursekt-Genießer, Lack-Liebhaber. Alltag einer Domina. Machtspiele. Alles im Verborgenen. Die Herrin bringt Licht ins Dunkel, macht Mut auf lustvolle Spielchen, berichtet über ausgefallene Neigungen.

Abartig ? Oder einfach nur andersartig ?

# Kapitel 1 – First time

Dominas gibt es viele. Darunter sehr schöne, sehr strenge, sehr bestimmende Frauen. Ihre Behandlungsmethoden lassen keinen Wunsch offen. Und doch hat man als Gast oft das Gefühl, es handle sich nur um einen Job. Da bin ich anders. Für mich ist es Berufung, ich genieße die Macht, lebe im dominantsein den Wunsch aus, Männer zu demütigen. Ich erniedrige meine Sklaven mit Worten und allen SM-Spielzeugen, die ein Sklavenherz begehrt und es höher schlagen lässt. Klassisch streng. Meine schlagende Ausstattung ist reichhaltig und als mein Diener wirst du mir zu Füßen liegen und bekommen, was du verdienst. Ich werde dir zeigen, zu was so ein unwürdiger Sklave alles nützlich sein kann! Das ist die eine Seite von mir.

Ansonsten bin ich leidenschaftlich gerne zart – grausam – dirty – nass und ziemlich versaut. Ich bin die klassische dirty Domina … ich gebe dir alles … in den Mund und über deinen Sklavenkörper – du wirst nach mir lechzen und dich auf alles freuen, was du von mir verabreicht bekommst. Das ist meine Stärke. Komm spiel mit mir! Ich lebe die Domina, nicht nur im Spiel. Herrin Lady L. – immer eine Versuchung wert!

Diese Anzeige sollte kommenden Monat in einschlägigen Internet-Portalen erscheinen. Gewagt. Mutig. Abartig? Darf ich vorstellen: ich bin die Herrin. Bitte keine Namen. Einfacher so. Diskret. Ohne Komplikationen.

Es war das erste Mal dass ich Geld für Sex bekam. Eigentlich kein richtiger Sex, ich musste meinen Körper dafür nicht hergeben. Aber der Reihe nach. Jörg, mein über alles geliebter Ehemann, Fetischist, devoter Hobby-Sklave und sehr angetan von mir, seiner Herrin, hatte eine Idee. Okay, er hat immer wieder Ideen, so ist er. Doch diese Idee fing an mir zu gefallen. Er wollte testen, ob ich, seine Haus- und Hof-Domina wohl auf dem freien Domina-Markt eine Chance hätte. Im eigenen Domina-Haus.

Nein – anders: Jörg war felsenfest davon überzeugt, ich wäre der Knaller auf dem Markt.

Von der Ausstattung her kein Problem, waren wir doch mit Fesseln, Peitschen, diversen Gerten, Knebeln. Masken, Klammern und sonstigen Gerätschaften bereits bestens ausgestattet.

Und auch die Kleiderfrage in Sachen Domina stellte kein Problem da – von Kleidern, Hosen und Corsagen in Lack und Leder, Bustier, Leder, Lack und Gummi-Handschuhen, Stiefeln jeder Länge, High-Heels, Lack- und Ledermänteln, Gummi und Lederröcken, ...alles vorhanden.

Ich sollte auch die etwas andere Domina werden. Nicht als Domina in einem Studio oder gar eine die Hausbesuche macht.

Nein – ich und ein ganzes Haus voller Domina-Liebhabereien. Nun, unser Ferienhaus in den Bergen war da bestens geeignet.

Es lag abseits, die Region, eher ländlich, eine dominafreie Zone. Gerade eine Konkurrentin. Ansonsten kam nur die nächste große Stadt in Frage.

Danach ging alles Schlag auf Schlag: Anzeigen in einschlägigen Fach-Magazinen wurden geschalten. Online.

Mit mehreren Bildern von mir in Lack- oder Lederoutfit. Ohne Kopf – vielmehr ohne Gesicht.

Aber mit einer gut gestalteten Seite was ich alles so anbiete. Die hat Jörg entworfen. Nochmals ein letzter Kontrollblick über die Anzeige geworfen, es passte. Als ich sie las erkannte ich mich nicht wieder. Ihr kennt ja bereits den Text. Klang alles sehr professionell. Dennoch: Ein sehr gewagtes Experiment.

Es klang alles äußerst professionell, hörte sich nach einer Domina mit sehr viel Erfahrung an. Und ganz ehrlich: es machte wirklich Lust, diese geheimnisvolle Lady kennenzulernen. Ein „Date" mit ihr auszumachen, sie einfach zu testen. Mein Tribut: 200 Euro pro Stunde. So üblich in der Branche. So. Die Inserate waren geschaltet. Was nun? Was wenn mich einer erkannte? Erste Zweifel krochen langsam in mir hoch. Was tat ich da eigentlich.....

Doch Zeit um sich Gedanken zu machen hatte ich nicht wirklich, denn schon kamen die ersten Anfragen. Über meine gmx-E-Mail-Adresse. Was soll ich sagen – es war alles dabei!

Angefangen vom schüchternen jungen Mann der sich beschrieb bis hin zum erfahrenen Domina-Gänger mit extremen Wünschen. Ein bunter Strauß von Fantasien. Die ich euch nicht vorenthalten möchte und hier im Kurzdurchlauf beschreiben möchte. Später mehr dazu. Einige der Geschichten findet ihr in den nachfolgenden Kapiteln. Mit Alex möchte ich anfangen.

Er beschrieb sich und war mir sympathisch:

Mein Name ist Alex, ich bin 24 Jahre alt, 180 cm groß, schlank, sportlich und meine Tabus sind Kinder, Tiere und

Klinik-Sex. Leider bin ich sehr schüchtern, habe aber Fantasien in die dominante Richtung. Gerne würde ich diese einer erfahrenen Domina mittteilen.

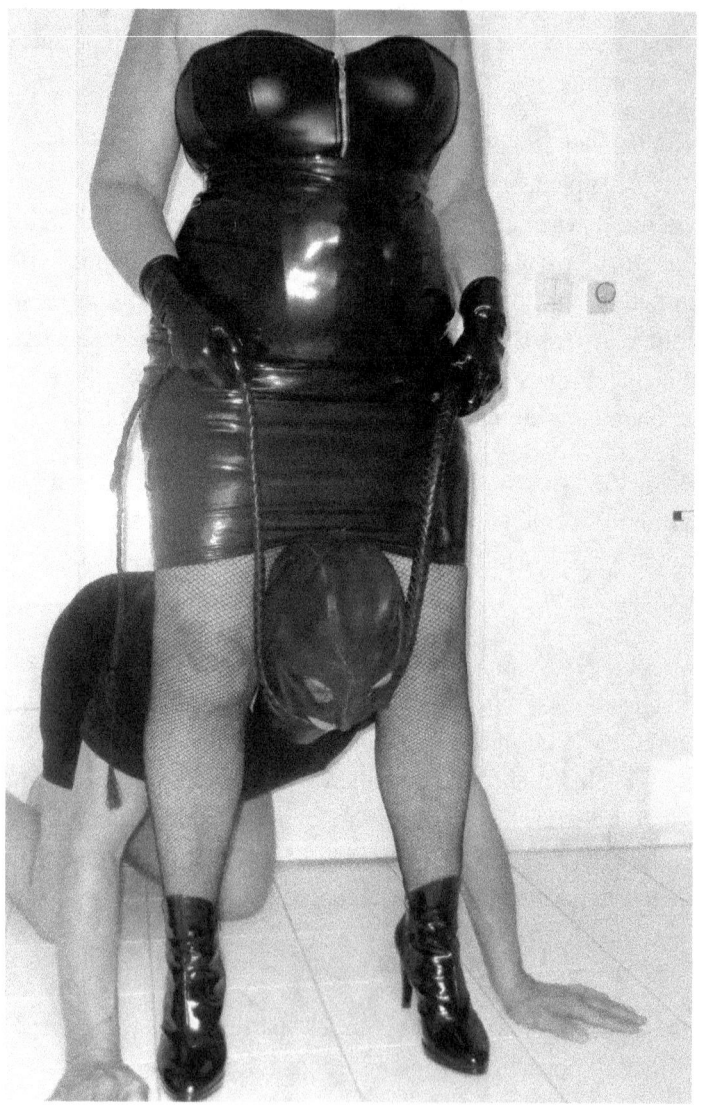

Gut, ich ließ ihn schreiben, schenkte ihm mein Gehör, gab Tipps. Typisch für mich. Den Mut zu einem realen Treffen hatte er dann doch nicht. Entwicklungshilfe – so sah ich diesbezüglich meinen Beitrag. Er war ja noch jung.

Der nächste Kandidat war schon deutlich anspruchsvoller. Er wollte ein dominantes Treffen gleich mit zwei Damen. Und er war kompliziert, wurde nach etwa zehn Mails einfach nur lästig. Er wollte KV, Bananen, Sahnetorte....fragte tausend Dinge. Es wurde lästig und er verstand meine Grenzen nicht. Sowas wollte ich mir nicht geben und ich sagte ihm ab. Weiter meldeten sich Toiletten-Sklaven (die legen sich auf den Boden und wollen NS (Natursekt, als Urin) trinken. Oder KV (das ist die harte Variante mit Kot). Oder Männer die der Herrin als Furz-Sklave dienen wollten. So etwas gibt es tatsächlich. Unglaublich, kannte ich und Jörg bis dato auch nicht. Lässt mich das Ganze gefühlskalt? Bin ich abgebrüht? Ich bin und war mir über meine Empfindungen nicht klar, es ging alles so wahnsinnig schnell. Zu schnell. Keine Zeit für emotionales „In sich hineinhören".

Schluck-Sklaven, Latex-Lack-oder Leder-Fetischisten, outdoor-Spezialisten die gerne an ein Auto hin gebunden werden würden und sich hinterherziehen lassen wollen, Reitliebhaber die den Geruch frischer Pferdeäpfel lieben, Haus- und Putzsklaven, Zofen. Sklaven die einer festen Herrin dienen wollen über mehrere Jahre, Männer die in einen Kerker zu Langzeit-Erziehung oder gar über Nacht dort verharren wollen.

Auch eine Frau war dabei, die von einer Frau (also von mir) behandelt werden wollte. Und ein Paar. Pervers für mich: einer wollte sich neben ein lebendiges Kalb stellen, sich mästen lassen und Mast- und Schlachtschwein spielen. Ein Rollenspiel für mich wo ich sagen muss: no way!!!

Meine Devise: bei Kindern und Tieren hört der Spaß auf!!!

Dann ein Anruf: von Thomas, einem Dom. Er hielt sich eine Haussklavin und bot mir seine Dienste an. Alles dabei, Dinge die ich in meinem ganzen Leben noch nie gehört oder mir vorgestellt hatte: Dreiloch-Stute, Faustfick, Gang-Bang. Er erzählte mir Dinge, mir wurde übel. Aber er schien sehr geschäftstüchtig, hatte wohl ein Faible für ältere gut betuchte Herren. Nun, Akquise ist die halbe Miete. Als er mir dann sein Leben erzählen wollte hab ich energisch das Telefonat beendet. Zuviel unnützes Wissen. Für mich als langjährige Hausdomina meines Ehegatten Jörgs waren das ganz neue Gebiete. Auf einen Schlag hatte ich mit Leuten zu tun, die mir fremd waren. Durch meine Arbeit als Geschäftsführerin eines mittelständischen Unternehmens mit etwas über 100 Beschäftigten konnte ich eigentlich mit Menschen umgehen. Dachte ich zumindest. Bis dato. Doch wie geht man mit Männern um, deren Neigung und Lustgewinn darin besteht, ihrer geliebten Frau eine Gummischürze umzubinden? Nein, nicht zur Gartenarbeit, nein zum puren Lustgewinn. Gummi-Fetisch. Materialgeilheit. Dazu noch ein Paar sexy Gummistiefel – und los geht's. Für mich keine erotische Vorstellung, eher was zum Schmunzeln. Gartenzwergerotik. Kleingartenidylle. Typisch deutsch? . Jeder hat so seine Vorstellung von Erotik und das Recht seine Fantasien auszuleben. Solange man keinem anderen damit schadet. Doch zurück zur Gummistiefel-Fantasie. Passt zu meinem ersten Kunden – oder sagt man Gast?

# Kapitel 2 – Rubber Erwin

Wenn Sklave Erwin Gummistiefel sieht dann ist er nicht mehr zu bremsen. Natürlich keine handelsüblichen schnöden gelben Gummistiefel. Schon die Luxus-Variante – mit schwarzem oder rotem Gummi. Und die elegante Gartenschürze streng um die Lenden der Frau gebunden. Sexy – nun ja, trifft nicht genau meine Vorstellungen von Sex oder Erotik. Dabei drängt sich bei mir eher der Gedanke nach Gartenarbeit, umtopfen, umgraben oder Wässern des Gartens auf. Aber wenn einer auf das Geräusch von knisterndem Gummi steht – warum nicht. Das Material ist Geschmackssache. Ich persönlich bevorzuge Lack und Leder.

Zu Erwin. Er war mein erster realer Kunde, hatte einen Termin via GMX ausgemacht. Gefunden hat er mich im Portal.

Er kam. Pünktlich wie ausgemacht, einen Tag davor brav den Termin rückbestätigt. Korrekt. Erwin, Gummi-Stiefel-Schürzen-Fetisch-Liebhaber. Ein netter älterer Herr so Anfang 60 dem ich vorab per mail mitgeteilt habe, dass ich weder Gummistiefel noch eine adäquate Schürze mein Eigentum nennen kann. Fand er dann nicht so schlimm, er mag auch Leder.

Es waren sehr aufregende Minuten bevor Erwin kam. Immerhin mein erster Gast, neues Terrain für mich.

Nicht die SM-Handlungen an sich, aber so mit einem völlig Fremden?

Ich fühlte mich daher unsicher, zupfte an meinem Outfit herum, schaute 100 Mal abwechselnd in den Spiegel und auf die Uhr. Als er dann endlich klingelte (sehr pünktlich) war meine Nervosität plötzlich wie weggeblasen. Souverän und selbstsicher öffnete ich die Türe. Ich war selbst erstaunt über so viel Selbstbewusstsein und Mut. Schließlich war ich kein Profi sondern Amateur.

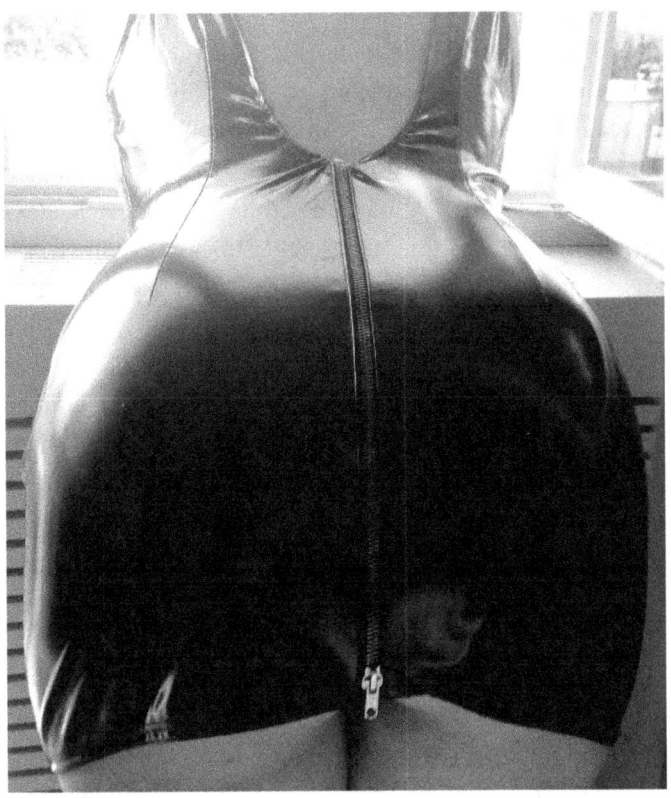

Erwin war sehr angenehm, einfach im Umgang. Rein optisch ein typisch erfolgreicher Mittelständler, Boss-Pulli über gestreiftem Hemd, leichte Freizeithose, bequeme Schuhe. Kurzer Haarschnitt, korrekt, graue Haare. Normale Figur. Auf harte Bestrafung und Behandlung stand er weniger, er mochte er die softe Schiene. Leichtes Zupfen der Brustwarzen, sanfte Schläge auf den Po, meine Lederstiefel küssen. Und er stand voll auf Verbalerotik. Und auf meine großen Brüste. Die habe ich mit Nutella eingeschmiert und er durfte sie sanft ablecken. Ich steckte ihn in einen Gummisack und befriedigte ihn mit der Hand. Das gefiel Erwin sehr gut. Als ich auf ihm saß pinkelte ich ihn an. Er hatte einen ziemlich kleinen Schwanz wenn ich das mal so sagen darf. Aber dafür war sein Selbstbewusstsein umso größer. Clever wie ich nun einmal bin bemerkte ich, dass wenn ich mich etwas geil gab, leicht stöhnte, Erwin richtig in Fahrt kam. Er meinte er fände es jetzt die Vorstellung so richtig geil, wenn ich auf ihm reiten würde und er sein Teil tief in mich reinstecken würde. Ich meinte nur das sei tabu. Lustig – Thema Selbstwahrnehmung: was um Himmels willen wollte er denn da „tief" in mich hineinstecken? Etwa die zehn Zentimeter die ihm da zwischen den Beinen baumelten? Ich weiß, ich bin gemein. Dann meinte er weiter, wenn er mich ficken würde, würde ich bestimmt abgehen wie eine Granate. Nun ja. Ich sagte nichts dazu. Nach 40 Minuten war das Ganze beendet er kam in schwarzer modischer Unterhose und klassischem weißen Feinripp-Unterhemd aus dem Bad. Und sah sehr zufrieden aus. Seine Freundin macht sowas nicht mit ihm. Keine Neigung zum Fetisch. Daher geht er zu Dominas. Und er mag Klinik-Sex. Immer wieder betonte er, dass er mir beim nächsten Mal Gummistiefel und Schürze mitbringen würde.

200.- Euro. Mein Tribut. Schnell verdientes Geld für ein wenig small talk und ein bisschen Handarbeit. Und eine nette Unterhaltung. Da ich selbstkritisch bin und genau weiß was ich kann und was nicht hatte ich schon ein bisschen ein schlechtes Gewissen, jemanden für so wenig so viel Geld abzuknöpfen. Obwohl – es ist der normale Tarif für die Leistung bei einer Domina.

Komisch war, dass ich mich keineswegs „benutzt" fühlte oder unsicher, eher so wie jemand, der alles im Griff hat und diesen Job schon jahrelang ausübt. Erstaunlich woher ich diesen Selbstwert nahm. Es lag mir offensichtlich im Blut. Für mich ganz klar – mein erstes selbstverdientes Geld in dieser Branche wollte ich spenden. Wichtig – für meine Seele.

Erwin, im realen Leben war er in einer Partei aktiv, hat dieses Jahr dort sein Amt nach 20 Jahren abgegeben, ist Geschäftsführer seiner eigenen Firma und Vorstand von einem Tennisclub. Google macht's möglich – schon ein wenig riskant mit seinem richtigen Namen Mails zu schreiben und mir seinen Wohnort zu nennen.

Es sind immer die Männer die im richtigen, wahren Leben Menschen führen, hohe und gesellschaftlich gut angesehene Positionen innerhaben, Ämter und Ehrenämter bekleiden. Oft behandeln sie ihre Mitarbeiter schlecht, führen sich als großer Chef auf. Das kompensieren sie dann bei der Domina. Und die Dominas wiederum lassen sich „Leistung" bezahlen. Gut bezahlen. Sehr gut bezahlen. Nein- unverhältnismäßig gut.

Wenn man bedenkt, was so ein junges hübsches Ding die als Prostituierte arbeitet dafür bekommt, das ein Mann sich ihrem Körper bedient. Ungerecht. Unvorstellbar. Für mich eine wahrhaft schreckliche Vorstellung, ein dicker ungepflegter Kunde, übelriechend und unangenehm wälzt sich auf einem jungen zarten Geschöpf. Und dafür bekommt so ein Mädchen dann 50 oder 100 Euro. Unfassbar. Ungerecht. Unverhältnismäßig.

Eine Domina bekommt allein für eine Stunde 200.- Und da fängt bei einer Domina der Stundenlohn an…Für so richtig harte Sachen sind die Grenzen nach oben offen. Und so eine Domina muss keine 20 Jahre alt sein oder gar einen Körper wie ein Modell vorweisen. Gerade Erwin begab sich gerne in die Hände einer erfahrenen Domina – in diesem Fall ich. Wobei erfahren war ich ja nicht gerade, er war mein erster „Kunde" – oder nennt man so jemanden Gast??? Aber er hat es zum Glück nicht bemerkt. Dies wäre mir irgendwie unangenehm gewesen. In meinem Alter – mit 53 Jahren – eine Anfängerin? Passt irgendwie nicht zusammen.

Mit meinem diplomatischen Geschick, als Sternzeichen Waage, konnte ich meinen Einstieg in das Business wohl gut kaschieren, halfen die passenden versauten Worte den fehlenden Erfahrungswerten weiter.

# Kapitel 3 – Tied

A propos Anfängerin – bei Stefan, Kunde Nummer zwei, trat ich schon wesentlich souveräner auf. Zwei Stunden standen auf dem Programm. Er schien unkompliziert, seine Anfrage war konkret: er wollte verschnürt werden, schmoren, stand auf Leder. Pünktlich zur vereinbarten Zeit klingelte er. Ich war überrascht. Angenehm.

Ein etwa 40jähriger Mann in Jeans, karierten Hemd, langen blonden Haaren (zum Zopf gebunden) stand vor meiner Tür. Es ist doch immer wieder ein Überraschungspaket was einen da vor der Haustüre erwartet. Aber mit so einem lässigen Typen hatte ich nun wahrlich nicht gerechnet. Er war freundlich, devot und legte für zwei Stunden 400.- auf den Tisch. Es waren zwei Stunden die wie im Flug vergingen. Erst musste er meine langen Lederstiefel küssen - die klassische Begrüßung einer Domina. Danach probierten wir verschieden Schlaginstrumente aus – das klingt jetzt irgendwie sehr brutal. Doch weit gefehlt. Nach Paddel (eine kurze Art Lederpeitsche mit großer Fläche), Gerte (dünner Stab mit Leder umwickelt) und klassischer Peitsche war er recht schnell zufrieden. Wir testeten die Härte meiner Schläge an – dann ließ er sich an das Andreaskreuz anbinden. Das Andreaskreuz, klassische Vorrichtung in einem Dominastudio, muss man sich wie folgt vorstellen: ein überkreuzter schwarzer Holzbalken mit Vorrichtungen um jemanden mit Fuß- und Handfesseln dort festzumachen. Dies geschieht in Form von Karabiner-Haken. Wir hatten da unseren Spaß dabei, denn besonders praktisch veranlagt bin ich weiß Gott nicht. Er nahm meine Ungeschicklichkeit mit

Humor. Ich auch. Reden und lachen überbrückt oft vieles. Besonders gut gefiel Stefan, der mir anfangs zugewandt am Andreaskreuz hing, wenn ich ihn zwischen den Schlägen mit den Schlagwerkzeugen massierte, streichelte. Nun musste ich ihn für zehn Minuten dort in dieser Position schmoren lassen.

Ich ging zu meinem Ehemann Jörg, der im Zimmer nebenan auf mich aufpasste. Dann wurde er umgekehrt festgemacht, ich konnte auf seinen Rücken und Po schlagen. Man merkte ihm deutlich die Körperspannung an. Das Wort „Stop" oder „Gnade Herrin" wurde angewendet, wenn es zu stark wurde oder er befreit werden wollte. Danach ging es weiter auf eine von Jörg umfunktionierte Massageliege – dort machte ich ihn mit fünf Gürteln fest, fixierte Hände und Füße und verschnürte ihn danach mit einem langen schwarzen Seil. Bondage. Päckchen. Dort wollte er dann im Dunkeln zehn Minuten alleine gelassen werden. Super – schon wieder eine Pause. Sehr angenehm.

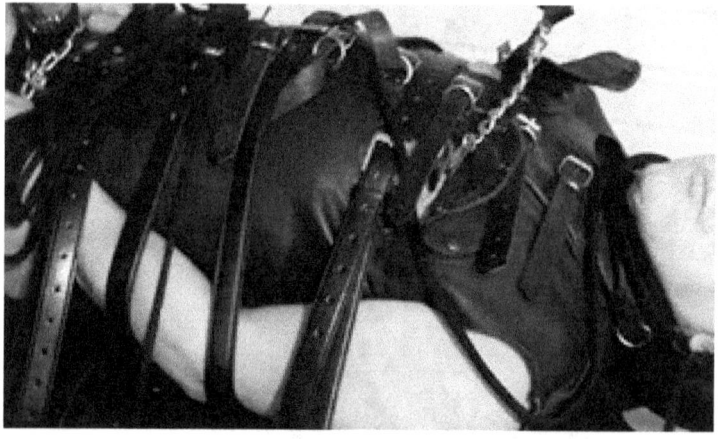

Dann weiter im Programm: es folgten anbinden und schmoren lassen im Kleiderschrank, in der Sauna, die wir als Kerker umfunktioniert hatten. Es blieben noch zwanzig Minuten. Ich steckte ihn in einen Gummisack – und holte ihm einen runter. Handarbeit. Es stöhnte und zappelte – meinte: geil – und als es ihm kam: Genial!!! Er war zufrieden. Ich auch. Es war ein wirklich einfaches, angenehmes Arbeiten. Ich fühlte mich wie eine Freundin, eine Bekannte von Stefan, die ihm einen Gefallen tat. Keine Gewissensbisse, kein schlechtes Gefühl. Wir hatten Spaß, konnten lachen und er hatte Respekt vor mir. Und ich habe seine Neigung eingesperrt zu sein, ausharren zu wollen einfach respektiert, sie nicht ins lächerliche gezogen. Warum auch?

Als er weg war kam noch eine SMS von ihm: Danke – es war toll. Pass auf deine Karabiner-Haken auf. Er hatte Humor. Das gefiel mir gut. Meine Rede, ich bot mich an als Domina mit Herz, Hirn und Humor!

Doch danach machte ich mir noch lange Gedanken – wie sieht der typische Domina-Gänger aus? Gibt es ihn überhaupt? Was für einen Beruf übt Stefan wohl aus, wenn er mal so locker 400. Euro für zwei Stunden Spaß und erotischen Kick ausgibt. Oder muss er sich das Geld erst mühsam zusammensparen? Ist er Ingenieur? Warum lässt sich jemand fesseln, verschnüren und harrt dann ruhend in dieser Position aus? Im Dunkeln? Hat dies seine Ursache in der Kindheit? Wurde er in den Keller gesperrt – oder gerade nicht und er möchte es jetzt erleben?

Es drängen sich mir da viele Fragen auf. Kann man seine Kunden fragen, warum sie das wollen? Wohl eher nicht. Sein Faible für Leder und dessen Geruch teile ich, kann ich verstehen. Materialen kann man anfassen, spüren.

Da kommen die Sinne ins Spiel: riechen, sehen, fühlen. Sogar das Geräusch was Leder macht – Tastsinn, Geruchssinn... alles dabei. Apropos Geruchssinn: ich hatte eine komplett schräge Anfrage eines Windelfetischisten. Per Whats App. Mit Bild. Der junge Mann, ich schätze ihn auf Mitte Zwanzig, liebt es bewusst in die Windel zu pinkeln und auch sein großes Geschäft darin zu erledigen.

Bisher hat es wohl noch keiner bemerkt. An die Windel kommt er oft dadurch, in dem er ein Krankenhaus aufsucht und sie dann einfach dort mitnimmt. Windelklau zur Lustbefriedigung. Auf dem Bild wirkt er cool, Wodkaflasche neben sich – Typ – Neonazi. Bei seinem Bild fiel mir sofort der Song von den Ärzten ein: Schrei nach Liebe. Textzeile: seine Springerstiefel sehnen sich nach Zärtlichkeit. Harte Schale, weicher Kern. Verborgener, geheimer Fetisch. Beim Windel anlegen und säubern für Erwachsene als Fetisch – nein danke, da ist bei mir eine Grenze erreicht …

# Kapitel 4 – Here I am

Jetzt stelle ich Sklaven mit ihren Neigungen vor, berichte über die verschiedenen Männer, versuche gar die einzelnen Fetische zu analysieren. Aber wer steckt dahinter? Welche Personen verbergen sich hinter all den kleinen und großen Erlebnissen? Was arbeiten sie so im wirklichen Leben?

Doch davor zu mir. Ein Versuch mich selber zu beschreiben. Nicht einfach. Man nimmt sich doch immer anders wahr als seine Umwelt dies tut. Also, wo fange ich an? Vielleicht mal ganz bürgerlich:

Eigentlich bin ich eine ganz normale Frau. Mittelgroß, rotbraune Locken, grünbraune Augen. Präsent. Laut. Modisch. Und übergewichtig. Seit ich denken kann bin ich mit meinem Gewicht unzufrieden, kämpfe ständig diättechnisch gegen meine Pfunde an. Was nicht einfach ist wenn man gerne gut essen geht und Eis, Gummibärchen, Pralinen und Nüsse mag. Frauentypisch. Unzufriedenes Gejammer auf hohem Niveau.

Weiter: Harmoniebedürftige Waage, Anfang 50, drei fast erwachsene Kinder, mit Haus, Ferienchalet in den Bergen, immer fleißig am Arbeiten. Weniger im Haushalt als in der Firma meines Mannes. Seit einer halben Ewigkeit leiten wir gemeinsam ein mittelständisches Unternehmen mit etwa 100 Mitarbeitern. Dort darf ich manchmal meine mir wohl angeborene (oder erlernte?) Strenge ausleben. Klingt jetzt schlimm, eigentlich bin ich eher eine soziale und softe Chefin. Nur manchmal muss man einfach sagen wo es langgeht. Das brauche ich. Man nennt es führen. Das liegt mir – wie die Kommunikation auf allen nur denkbaren Kanälen – persönlich, telefonisch, via Mail, SMS, App, Facebook, XING ...

Meine Freizeit gestalte ich sehr gerne mit Reisen, gutem Essen in schönen Restaurants, lesen, Freunden treffen, tanzen – alles völlig normal. Ich liebe Schuhe, schöne Kleidung und kann mich schnell für die schönen Dinge im Leben begeistern.

Einem Wellness-Wochenende mit einer Freundin gegenüber

bin ich immer offen. Apropos offen: beim Reden kenne ich keine Tabus. Ich hasse Langsamkeit, bin öfters Konfliktscheu und leider inkonsequent. Aber daran arbeite ich – wie am geduldig werden. Und am nein-sagen. Oft hasse ich mich wenn ich wieder einmal das klassisch-liebe Frauchen, das dumme Ja-Sager-Weibchen bin. Denn ich möchte den Leuten gefallen – nicht nur die optische Eitelkeit, nein auch mit dem was ich tue. Völliger Schwachsinn, Erziehung die prägt.

Dagegen habe ich mir den Perfektionsanspruch in allen Dingen etwas abgewöhnt. Ich lache gerne (über jeden Blödsinn), habe Humor, handle, denke, entscheide schnell. Leider manchmal auch zu schnell. Aber vor allem mag ich Menschen, deren Geschichten, Schicksale. Andere Lebensformen. Andersartige, mutige Menschen. Selbst würde ich mich als Empath bezeichnen. Mitfühlen, hineinfühlen, pure Emotionen sind genau mein Ding. Darin bin ich Meisterin. Beraten, helfen, Leute leiten. Ob beruflich oder privat. Und ich mag Überraschungen. Das Leben ist wie eine Schachtel Pralinen, man weiß nie was man kriegt.

Spannend. Neugierde ist etwas Tolles. Und ich bin gierig auf Neues – begierig …

Begierig. Ein schönes Wort. Die Gier nach Leben. Gier nach Lust? Begehrt werden – darauf steh ich total. Kein Wunder, wenn man so langsam merkt, dass das Haltbarkeitsdatum in den nächsten Jährchen abläuft und man dann nur noch mitleidig von Männern angeschaut wird.

Daher nutze ich die Gunst der Stunde, gehe gerne ab und an in Clubs und sehe dort was mein Marktwert noch hergibt.

Nun, ich kann nicht klagen. Die günstige Beleuchtung sowie meine Verpackung tun das Übrige.

Ansonsten ist mein Sexualleben eher normal, erfüll, keinerlei Orgasmus Probleme. Ein Orgasmus ist einfach das I-Tüpfelchen beim Sex. Dafür liebe ich meinen Mann – er kennt mich so gut, kann mich immer befriedigen und wenn ich keine Lust habe, dann versucht er es auch nicht. Spontaner, ungeplanter Sex – immer gerne. Ich liebe ihn auch dafür, dass wir zwei so vertraut und versaut sind, man mit ihm über alles reden kann. Wir nennen die Dinge beim Namen, sprechen alles an und aus.

Keine Geheimniskrämerei. Vertrauen in allen Bereichen. Mein Motto beim Sex: geil ist geil und Lust ist Lust. Klingt nicht nur sehr einfach, ist es auch. Das ganz Rein-Rausspiel, Penetration um jeden Preis – furchtbar. Ich bin sehr eng gebaut daher tun mir zu große und sehr dicke Schwänze einfach nur weh. Zudem bekomme ich einen klitoralen Orgasmus. Meine Brüste gehören ebenso dazu wie die passende Umgebung.

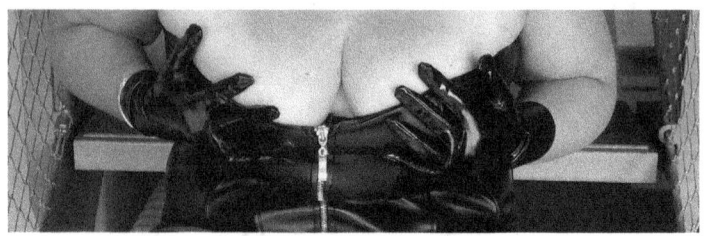

Schneller Sex im Aufzug oder im Auto – nicht meine Welt. Dafür „gönne" ich mir zusammen mit meinem Mann ab und an einen Besuch im Swinger-Club.

Manchmal auch nur so zum Schauen. Eine andere Welt. Spannend. Und einfach menschlich. Dafür stehe ich beim Sex auf schöne Dessous, trage gerne Leder und Lack. Und ich habe diese dominanten Neigungen meines Mannes im Laufe meiner langjährigen Ehe akzeptiert. In den letzten Jahren habe ich sogar Gefallen daran gefunden und lebe es nun auch mit fremden Männern aus. Für Geld. Als Domina.

Lerne ständig Neues dazu, bin erstaunt, verwundert und manchmal auch sehr berührt über die Offenheit der Männer mir, einer Fremden, gegenüber. Bis jetzt hatte ich noch nichts Schlechtes oder gar Grenzwertiges erlebt. Apropos Grenzen ...

# Kapitel 5 - No limits

Ja wo liegen eigentlich meinen Grenzen im psychischen und physischen Bereich. Wann sage ich stopp, wie viel lasse ich zu? Habe ich die Situation im Griff? Dies gilt es herauszufinden. Ich habe nichts zu verlieren, kann jederzeit mit dem Spiel aufhören. Da bin ich gegenüber meinen wirtschaftlich davon abhängigen Kolleginnen klar im Vorteil.

Habe ich überhaupt eine Ahnung oder gar eine Vorstellung davon, wie viele verschiedene Fetische es gibt? Den jungen Mann mit seiner Vorliebe für vollgeschissene Windeln habe ich euch schon vorgestellt. Neben ganz gewöhnlichen Material-Liebhabern – angefangen von Lack, Leder, Latex, Gummi bis hin zu Nylons - Schuh-Liebhabern, Sexspielzeug-Fans, Kleidungsfetische wie Dessous, Gerüche, Gefühle, Geräusch - alles möglich.

Ein Fetisch bezieht sich immer auf einen Gegenstand der stimuliert, sexuelle Erregung auslöst. Es hat mich einfach selber interessiert und ich habe nachgeschaut:

Fetisch: Prinzipiell kann jeder Gegenstand zum Fetisch werden, hiervon ausgenommen sind Objekte, die schon von vornherein als Sexspielzeug für den Gebrauch beim Sexualakt bestimmt sind, beispielsweise Dildos oder Vibratoren.

Als Beispiel für einen Material-Fetisch gilt Leder. Dieser kann sowohl über den Geruchssinn, über die Optik oder über die Haptik (Wahrnehmung durch Berührung) stimulierend wirken. Für manche Fetischisten sind alle Sinne für die

Erregung notwendig, andere werden bereits durch den Anblick erregt. Einige Fetische wirken durch ihre Koppelung mit bestimmten Szenarien, es kann eine Übertragung der Eigenschaften der Umgebung auf den Gegenstand selbst stattfinden.

Hört sich kompliziert an, ist aber eigentlich ganz einfach: Schuluniformen werden deshalb zum Fetisch, weil sie dem Bild eines jungen Schulmädchens entsprechen.

Die am häufigsten anzutreffenden Fetische sind Kleidungsstücke wie Schuhe, Strümpfe, Strumpfhosen, Unterwäsche, Schürzen, Sport- und Badebekleidung, Uniformen, Regenbekleidung, Accessoires wie Brillen, Piercings.

Manche Kleidungsstücke werden bestimmten Szenarien oder Rollenspielen zugeordnet ... und so weiter und so weiter ...

Es gibt im SM-Bereich nicht einfach bloß Sklaven. Weit gefehlt. Es gibt:

Ponysklaven (petplay-Neigung, Pferd spielen), Sklavenhure, Schmerzsklaven, Käfigsklaven, Geld Sklaven (geben ihr gesamtes Geld der Herrin oder machen ihre teure Geschenke), Ehesklaven, DWT-Sklaven (tragen Damenunterwäsche), Sissy-Sklaven (lassen sich zu einem femininen Mädchen ausbilden), Fußsklaven, Toilettensklaven (dienen der Herrin als menschliche Toilette – nehmen ihren Natursekt oder Kaviar auf) ...

CBT-Sklave (treten, quälen, behängen und abbinden der Genitalien), TV-Sklave (Ausbildung zur Zofe, Hausmädchen), KG-Sklave (Triebunterdrückung durch Keuschheitsgürtel), Putzsklave, Lustsklave (verwöhnt seine Herrin), Lecksklave (dient zur Lustbringung der Herrin, leckt sie, lebendiger Vibrator, befriedigt sie mit der Zunge, leckt Stiefel, Füße ...), Gummisklaven (werden in Gummianzüge oder Gummisäcke gesteckt und verschnürt)

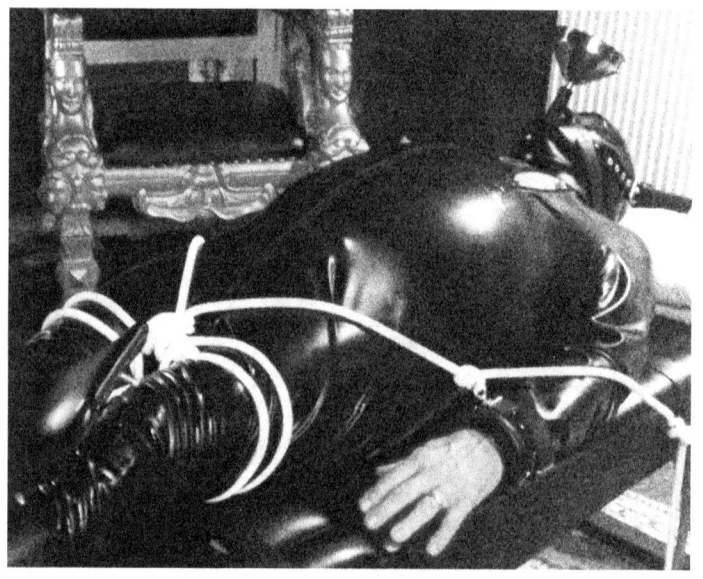

Und noch einige mehr. Zahlreiche Spielarten. Doch eines haben sie alle gemeinsam: sie sind devot. Einfach ergeben, unterwürfig. Die Frau hat das Sagen, der Mann alias Sklave gehorcht und erfüllt. Ohne zu kritisieren. Ein erhabenes Gefühl als Frau.

Und eigentlich ist es auch schön, wie Männer uns Dominas behandeln. Sie sind freundlich, höflich, zuvorkommend, aufmerksam, achtsam. Kurz: devot. Können sich so einige der Gattung Mann eine Scheibe davon abschneiden.

So ein Exemplar hatte ich als dritten Kunden.

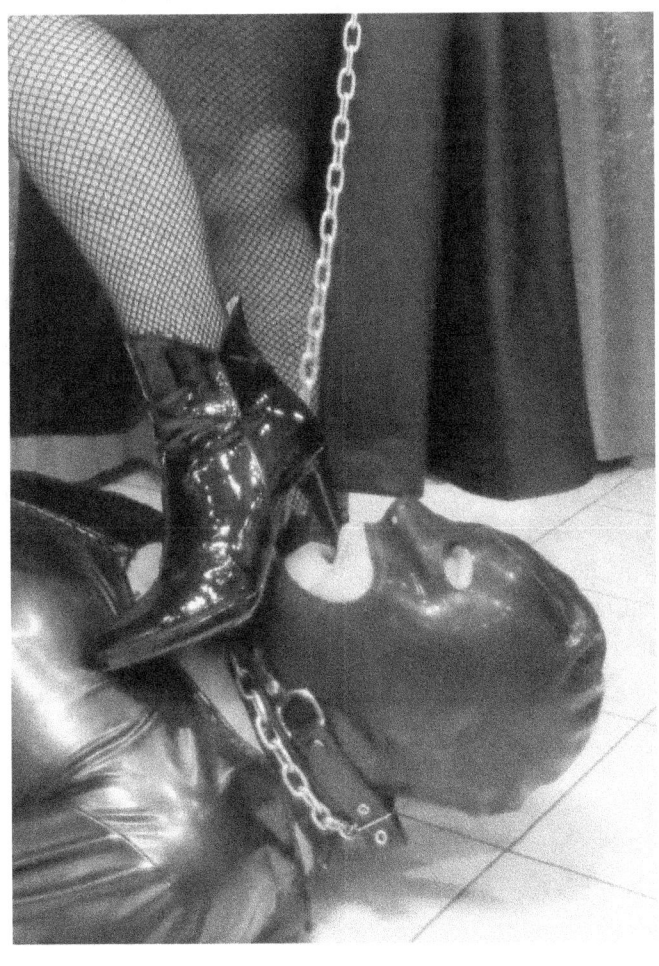

# Kapitel 6 – Devot

Martin war sehr devot. Bei der Begrüßung an der Tür kniete er nieder, küsste meine Stiefel. Er nahm die Position eines gehorsamen Hundes ein. Hundehaltung, ich legte ihm das Hundehalsband an. Ehrfürchtig – noch immer meine langen Lederstiefel leckend. Bis ich ihn lobte und den Befehl gab damit aufzuhören. Martin, von Beruf Physiotherapeut, lebt seine dominante Ader schon viele Jahre aus. Hat daher viel Erfahrung mit Dominas. Er war auch mal zwei Jahre mit einer liiert. Ein netter Kerl, nicht unhübsch. Er redete gerne und viel, ich konnte ihn aushorchen, denn er kannte sich in der Szene aus. Im Vergleich zu mir. Er wusste was er wollte. Gekonnt schlug ich auf Rücken und Po, lies ihn Sahne von meine Brüsten lecken, mir die Stiefel lecken. Dies tat er mit Inbrunst. Schön devot von unten nach oben. Leder. Animalisch. Dann zog er sie aus, leckte meine nackten Füße. Liebkoste sie. Zärtlich, achtsam. Nicht unangenehm. Dann zog ich meine Highheels an. Er wollte CBT. Ich hatte keine Ahnung wovon er redete, kannte es einfach nicht. Ratlosigkeit machte sich in mir breit, diese galt es zu überspielen, daher tat ich so, als ob ich ihn nicht verstanden hätte. Funktionierte. Er erklärte es mir. CBT heißt so viel wie hart in die Eier treten. Eine SM-Spielart. Cock and Ball Torture. Eine Art Penis- und Hodenfolter. Sexuelle Spielart mit schmerzlicher lustvoller Stimulanz von Hoden und Penis. Oh Schreck – hoffentlich verletze ich ihn dabei nicht. So mein erster Gedanke. Zu soft durfte man da nicht rangehen, anfangs war ich etwas zögerlich. Doch bald bekommt man ein Gespür für die richtige Stärke. Vor allem muss man sich trauen. Schließlich hatte ich sowas noch nie gemacht, hatte keine Ahnung dass es sowas gibt. In der Praxis stimuliert man – wie ich bei meinem devoten Sklaven - zum Beispiel mit den Schuhen die Hoden, den Penis. Der Kick dabei –den Schmerz auszuhalten. Man muss vorsichtig sein, den richtigen Druck ausüben, dabei die heiklen Teiles des Mannes nicht verletzen. Eine diffizile Angelegenheit, die Fingerspitzengefühl erfordert. In meinem Fall: Fuß-Spitzen-Gefühl. Und noch eine neue Erfahrung machte ich mit Martin: das sogenannte Trampling.

Kommt aus dem Englischen und es bedeutet so viel wie „trampeln", herumtrampeln. Die Domina läuft auf dem Körper des Sklaven herum, stellt sich auf ihn, drückt beim laufen ihr Gewicht in seinen Körper. Das ist ja alles schön und gut bei einem 50-Kilo-Leichtgewicht – aber ich bin eine reife gestandene Frau mit einem etwas erhöhten Lebendgewicht um die 80 Kilo. Nicht wirklich geeignet um mit meinem Körper auf jemandem spazierzugehen und die Stiefelspitzen oder die spitzen Haken der High-Heels einem Mann in Magen, Bauch oder Rippen zu rammen. Mir wurde heiss und kalt. Ich äußerte meinem Kunden gegenüber meine Bedenken, wurde unsicher. Er ermutigte mich, wollte es. Unbedingt. Er stand voll darauf. Schönes Bild. Als stand ich ganz vorsichtig auf ihn drauf. Zweimal. Nur kurz.

Als Physiotherapeut wusste er auf was er sich bei mir einließ, rein körperlich betrachtet. Respekt- er hielt mich aus. Und er blieb heil, ich hab ihn nicht verletzt. Puhh, zum Glück.

Eine kurze Anekdote am Rande: mein Göttergatte wollte es unbedingt auch mit mir versuchen – ich meine das „trampling". Kurz: es ging nicht ganz gut aus, ich hab ihm dabei eine Rippe gebrochen, okay angebrochen. Aber ich hatte ihn gewarnt. Wieder was gelernt. Lebens-Erfahrung. So wird es wenigstens nie langweilig.

Das größte an dieser Erfahrung mit Martin war für mich: er lobte mich und meinte, ich sei 100-mal besser als eine dominante Dame im Umland, die seit vielen Jahren diesen Job macht. Und mit der Dame mein Mann seine erste „Außerhäusliche" Erfahrung gemacht hatte.

Na das war doch mal ein Lob aus kompetentem Mund. Das freute mich sehr, schien ich doch nicht so ganz unbedarft oder gar als Anfängerin rüberzukommen.

Für Martin war die Stunde an sich ein Genuss, das Abspritzen war ihm dabei nicht wichtig. Eher das Dasein, die Atmosphäre, das Behandelt-Werden. Er wollte die Herrin eine Stunde genießen.

Danach bot er mir jederzeit seine Dienste an, meinte er könne gut massieren. Doch das Beste kam zum Schluss, als er bereits gegangen war, eine SMS mit folgendem Wortlaut:

Vielen vielen Dank großartige Herrin.

Das tat gut. Mein dominantes Selbstbewusstsein war wieder im Lot, ich verlor nach und nach meine Unsicherheit, fühlte mich gestärkt.

# Kapitel 7 – Spitting

Frank war Kunde/Gast/Sklave Nummer vier. Er war genauso, wie ich mir einen Sklaven wünschte: kultivierter Geschäftsmann, 56 Jahre, weißgraue Haare, total devot. Für sein Alter eine gute Figur, hübsches Gesicht. Rein optisch. Aber seine Wünsche?

Er schrieb mir eine E-Mail per gmx. Er war kein unbeschriebenes Blatt was Dominas anging. Vieles was ich las gefiel mir nicht, öfters musste ich schlucken. Hier nun die Mail. Erster Kontakt:

Sehr geehrte Herrin,

die Bilder und der Text ihres Profils haben mich förmlich elektrisiert und lassen mich nicht mehr los. Ich glaube ich bin Ihnen, verehrte Herrin, schon jetzt hoffnungslos verfallen, obwohl Sie mir noch nicht einmal die Güte zukommen ließen, vor Ihren Stiefeln zu kriechen. Ich lebe in Offenburg und bin aber geschäftlich viel in der Bodensee Region unterwegs, sodass einem kurzfristig anberaumten Musterungstermin Ihrerseits, von meiner Seite nichts mehr im Wege steht. Mit meinen 56 Jahren lebe ich meine tief devote und masochistische Veranlagung mein gesamtes Erwachsenenleben. Nach einigen Erfahrungen mit verschiedenen Dominas hat mich Mistress S. aus Berlin weiter abgerichtet. Auf verschiedenen Partys musste ich ihren Gästen und den Gästen von Lady A. als Nutte zur Verfügung stehen. Orale und anale Befriedigung einhergehend mit erniedrigenden Speichelspielen etc. bilden den Rahmen dieser Bizzar-Partys. Natürlich musste ich auch den NS der Herrinnen trinken. Man kann mich also durchaus als erfahrenen BDSM-ler bezeichnen. Die absolute Ergebenheit, Unterwürfigkeit und Erniedrigung einer Sklavensau, kann nur in der Erziehung des Sklaven zum perfekten Damenklo erreicht werden.

Ich wünsche mir von Ihnen hochverehrte Herrin diesbezüglich abgerichtet und zur perfekten Domina-Toilette gnadenlos erzogen zu werden.

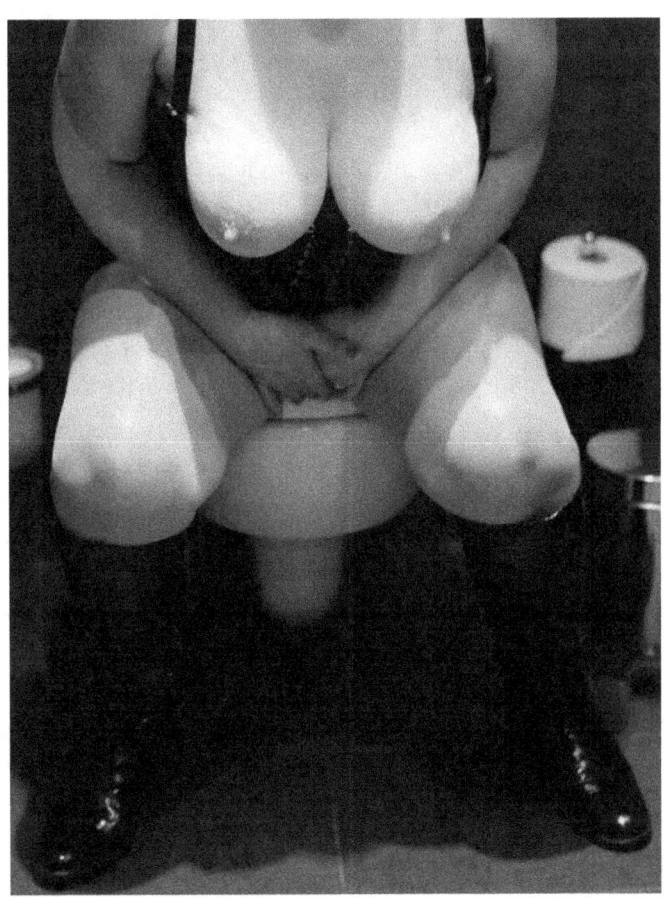

Ich liebe alle Körperausscheidungen der Herrin wobei mir die Aufnahme von Kaviar auch in großen Mengen immer noch Schwierigkeiten bereitet. Ich liebe es von der Herrin erniedrigt zu werden, demütigst den Schmutz von Ihren Stiefeln zu lutschen. Ihren Gästen als Hure mit Blasmaul und Arschfotze zur uneingeschränkten Verfügung zu stehen. Eigentlich kann man mich kleine Sau als nahezu völlig tabulos bezeichnen. Bis auf sinnlose Brutalitäten und Ungesetzliches bin ich für die Herrin in jeder Form einsetzbar. Zwingen sie mich, hochverehrte Herrin Lola Ihren Kaviar komplett aufzuessen!!!

An dieser Stelle brauchte ich erst einmal eine kleine Pause. Ich musste tief durchatmen, wollte mir die Details nicht wirklich bildlich vorstellen. Weiter im Text:

Mit 185 cm und leichtem Bauchansatz, weißem Haar, ca 95 Kilo Mastgewicht, kann man mich kleine Sau mit Mieder, Korsett, Schminke, Nylons etc zur Nutte herrichten. Meine Freunde sagen ich sehe gut aus, bin charmant, humorvoll und kann mich eigentlich auf jedem Parkett bewegen. Demütig erwarte ich sehnlichst Ihren am liebsten versauten Antrittsbefehl zur ersten Musterung Ihrer Sklavensau, Nutte und Domina Toilette. Hochachtungsvoll mit devotem Stiefelkuss verbleibe ich in Erwartung Ihrer dominanten Antwort bzw. Ihres Antrittsbefehls. Sklave Frank

Nun – ich überlegte kurz was ich alles mit machen wollte – und was nicht. Ich habe schließlich meine Tabus. Und die möchte ich nicht brechen. Hier meine Antwort an Frank – die übrigens mein Göttergatte verfasst hat (er weiß als Ehesklave was die Sklaven gerne hören mögen):

Sklave Frank,

Gerne kannst du kleiner Sklavenwurm bei mir antreten zur „Musterung" bei der Herrin. Wenn du meiner würdig bist, werde ich dich gerne abrichten und dich zu meinem Haussklaven machen – ich erziehe dich so, dass du mir hörig wirst! Wenn du bei mir antrittst solltest du als erstes schon an der Türe auf die Knie gehen und meine langen Lederstiefel sauberlecken vom Absatz über die Sohle und dann ganz hoch, bis du fast bei meiner Muschi in der schrittoffenen Lackhose ankommst!

Doch da Zunge weg, die ist vorerst tabu! Dann lege ich dir ein Hundehalsband an und du bekommst eine Begrüßungs-Bepissung und meinen Speichel direkt in deinen Sklavenmund. Sei meine lebende Toilette du Schweinchen. Nach ein paar Peitschen-Schlägen geht's dann ab ins Sklavenparadies – genieße es! Ich zeig dir meine Stationen – wo du leiden, lieben und leben kannst – ich die Herrin habe Herz, Hirn und Humor. Ich kann sehr hart aber auch herzlich sein, wenn wir gut miteinander können …

Für Frank war gleich Sympathie da. Einfach so, durch die Mail. Schon irgendwie komisch. Dass passiert mir manchmal, ich spüre auch oft durch ein paar Zeilen wenn jemand traurig ist. Empathie. Ist aber oft auch lästig diese Eigenschaft. Den Rest der Konversation beschreibt mein Haus. Dazu komme ich später.

Kurz: wir haben einen Termin ausgemacht. Immer wieder wollen die Sklaven lesen, was sie erwartet, ja sind ganz gierig drauf, verschlingen diese Mails geradezu.

Versaute Texte sowie Verbalerotik sind ein ganz großes Thema. So schreiben muss man können, vielmehr sich trauen.

Bei einem 20 jährigem Mädchen aus Polen oder Rumänien, die gerade frisch Domina ist, wird dies dann doch etwas schwieriger. Denn laut den Angaben einer sehr tüchtigen Geschäftsfrau aus dem süddeutschen Raum, die dort ein wahres Domina-Imperium leitet, wollen die Männer „Frischfleisch" und perfekte Dominas.

Rein äußerlich verständlich – doch beim Dominant-sein

spielt auch die Erfahrung eine große Rolle, der Umgang – so meine Meinung. Und meine persönliche Einstellung und Erfahrung.

Frank schrieb eine erneute Mail:

Sehr geehrte Herrin,

gerne schildere ich Ihnen verehrte Herrin, die Fantasien und Wünsche Ihrer geilen Sklavensau. Die Sau muss direkt nach Einlass in Ihr Domizil auf die Knie und ausgiebig Ihre Stiefel lutschen. Um die Sau anzutreiben verwendet die Herrin extrem vulgären Fäkalien dirty talk. Die Sau wird dabei auch von Madame gezüchtigt. Hier wäre es wünschenswert die Belastbarkeit und Schmerzgrenze zu überschreiten. Die Schreie Ihrer Sklavensau können mittels Knebel getaucht in Herrinnenpisse erstickt werden. Ihre Sklavensau sehnt sich von der Herrin mit Speichel und Pisse abgefüllt zu werden. Ein besonderer Reiz für die Drecksau stellt die Verwendung als Dominatoilette dar. Die Sau wird sämtliche Ausscheidungen der Herrin, wenn nötig unter Zwang, Peitsche und Rohrstock versuchen aufzunehmen. Das Poloch der Herrin auszulutschen ist auch ein Traum Ihrer zukünftigen, hörigen Sklavensau und stellt die tiefste Erniedrigung und gleichzeitig innigste Verbindung zu meiner künftigen Gebieterin dar. Ihr Sklavenschwein bittet darum an seine Grenzen und gnadenlos darüber hinaus von der Herrin geführt zu werden. Die Herrin sollte Ihre Sklavensau mehrmals abmelken beziehungsweise muss die Drecksau auf die Stiefel von Madame spritzen und die eigene Wichse inbrünstig von den Stiefeln ablutschen.

Okay – konkrete Vorstellungen hat er ja. Und er hat sich den Ablauf gemerkt. Gut so. Dann schrieb er weiter:

Es wäre schön, nochmals eine versaute Mail mit Antrittsbefehl von meiner Gebieterin, zu bekommen.

Männer sind doch sooo einfach. Und devote Männer dazu

noch sehr höflich und umgänglich. Dem Wunsch kam ich somit gerne nach:

Sklave Frank,

freue mich schon darauf, wenn du mir ausgiebig mit deiner gierigen Zunge meine langen Lederstiefel leckst! Gerne stopfe ich dir dein versautes Sklavenmaul mit meinem verpissten Höschen . Poloch lecken – sehr gut mein kleiner versauter devoter Wurm. Und damit du auch schön vor Schmerzen stöhnen wirst, werde ich dich mit dem Rohrstock züchtigen. Solltest du nicht alle Wünsche der Herrin zu ihrer Zufriedenheit ausführen und aushalten bekommst du mehrere Salven mit kräftigen Ohrfeigen in dein unwürdiges Sklavengesicht. So, morgen mehr! Dominante Träume

Es grüßt dich die Herrin

Frank kam pünktlich. So gehört es sich auch für eine guten, wohlerzogenen und devoten Sklaven. Wir waren uns angenehm. Die Chemie stimmte.

Er kroch gleich zur Türe rein, leckte meine langen Lederstiefel inbrünstig und bekam Pipi von mir ab Quell noch im Eingangsbereich auf dem Boden in den Mund.

Dann Hundehalsband an und ab nach oben.

Er leckte was das Zeug hielt – meine mit Sahne dekorierten Brüste, meinen mit Nutella dekorierten Hintern, meine Stiefel, meine Füße... und ich behandelte ihn.

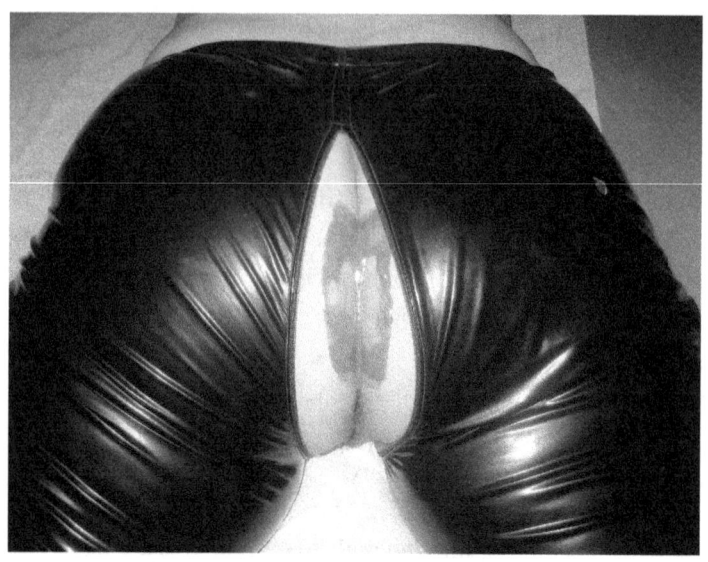

Frank machte dies gut, sehr gut. Seine Zunge setze er ein wie ein Instrument. Mit einer Hingabe, Leidenschaft. Einfühlsam. Zarte Hände an meinem Körper. Überall. Gekonnt. Virtuos. Ich vergaß dass ich die Domina war und er begann mich an meiner Muschi zu lecken. Erst zart, langsam, dann fordernd, immer stärker. Und es kam mir. Genial. Er spritzte zweimal ab – beim ersten Mal knebelte ich ihn mit einem verpissten Höschen von mir, zupfte an seinen Brustwarzen und wichste seinen schönen Schwanz. Erst ganz langsam griff ich mir seine Teil, dann schob ich ihn immer schneller hin und her bis er unter großem Stöhnen explodierte.

Ich gönnte ihm eine kleine Pause, legte ihm eine Augenmaske an, behandelte ihn als lebende Toilette. Sein Kopf lag brav unter dem Toilettenstuhl und ich pisste in seinen Mund sowie auf seinen Körper. Es erregte ihn. Ich drehte ihm meine Rückseite zu und er lutschte an meinem Po, säuberte mein Poloch. Er stöhnte, sein Schwanz stand. Und er umfasste seinen Ständer mit der Hand.

Beim zweiten Mal musste er es ganz selber tun, da half ich ihm mit verbalen versauten Worten. Die Zeit verging wie im Flug – die einzige Kommunikation war Verbalerotik wie kleiner Sklavenwurm, Knecht, Diener, Sklavensau...

Und Frank sagte immer gehorsam: ja Herrin, sehr wohl Madame. Wir spielten miteinander – er trank Wasser aus meinem Mund – von Mund zu Mund sozusagen. Und er musste von mir zerkaute Bananen, Trauben und Mohrenköpfe aufnehmen. Was er brav tat.

Meine Spucke nahm er direkt auf. Dominakuss. Sehr beliebt. Davon konnte er nicht genug kriegen. Es gefiel ihm sichtlich. Seine Augen sprachen Bände. Nach eineinhalb Stunden musste er gehen, Geschäftstermin. Sehr angenehm verdiente 400.-Euro.

Zum Abschied meinte er nur: Wir sehen uns wieder!

Solche Kunden sind mir jederzeit recht herzlich willkommen. Unproblematisch, unkompliziert, einfach.

Leider kam es bis dato zu keinem erneuten Treffen. Einmal hat er einen neuen Termin ausgemacht, musste diesen aus geschäftlichen Gründen aber leider absagen. Weiter versuchte er es noch per Mail, meldete sich dann aber nicht mehr. Mal schauen, denke wir zwei treffen uns wieder. Solche Termine im geschäftlichen Alltag einzuschieben sind nicht immer ganz einfach.

## Kapitel 8 – Everyday life

Alltag – nicht gerade mein Lieblingswort. Dieses Wort ist oft negativ belegt, man spricht vom Alltagstrott, langweiliges Einerlei, Routine, Zyklus. Und ewig grüßt das Murmeltier. Always the same. Oft wird Alltag als monoton empfunden, zeigt er sich eher verhalten in Grautönen als in schillernd bunten Farben.

Doch was jammere ich hier herum? Schließlich ist mein Leben alles andere als langweilig und manchmal wünsche ich mir einen gut strukturierten, geplanten und ordentlich getakteten Tagesablauf. Ohne Durcheinander, geradlinig. Work from nine to five? Weit gefehlt! Wunschdenken. Aber es würde auch nicht zu mir passen.

Oft beginnt mein Tag wie geplant, doch nach zwei Stunden Arbeit muss alles wieder über den Haufen geworfen werden, neu geplant, anders gedacht und auch so ausgeführt werden. Schnelles Handeln ist dabei gefragt, kein kompliziertes Wenn oder Aber. Das ist meine Stärke. Da komm ich auf Touren, laufe zu Höchstform auf. Entscheiden, delegieren.

Nur seit meinem zweiten Job als Domina komme ich leicht in Stress – ich telefoniere gerade geschäftlich – dann klingelt mein Handy – und womöglich parallel dazu mein „Sklavenhandy".

Da heißt es ruhig bleiben. Und immer schön der Reihe nach arbeiten. Neben dem Telefon bin ich per SMS oder E-Mail für meine Sklaven erreichbar. Darunter gibt es grob zwei unterschiedliche Kategorien:

Die einen sind unkompliziert, fragen nach meinem Preis, wo sie mich finden können, sagen was sie mögen und klären einen möglichen Termin ab. So sollte es sein. Nur habe ich es leider sehr oft mit Kategorie Nummer zwei zu tun: Die Komplizierten, diejenigen die mir ihr komplettes Leben inklusive wie sie zu ihrem Fetisch kamen erzählen wollen. Gerne stundenlang per Telefon.

Oder in sehr ausführlichen SMSen. Sehr beliebt auch die Mail. Dann bekomme ich seitenweise romanartige Beschreibungen über ihre Vorlieben und Fantasien.

Und ich antworte immer brav. Der eine oder andere darunter spart sich so einen Besuch bei mir.

Meine Stimme oder meine Antworten gepaart mit meinen Bildern im Portal reicht ihnen als Wichs-Vorlage, um das Kind beim Namen zu nennen.

Wenn ich gerade dabei bin ein Angebot zu machen blinkt mein Handy auf und zeigt mir wie sich ein Sklave selber befriedigt.

Aber zum Glück bin ich schon ein großes Mädchen und kann mir diese Fotos oder auch kleinen Videos anschauen. Schon erstaunlich was ich da so alles zu sehen bekomme.

Dummerweise habe ich mir schon manchmal einen Spaß daraus gemacht, via mail den Sklaven Anleitungen in Befehlsform zu geben. Davon können die dann nicht mehr genug kriegen.

Diese kleinen geilen Geschichtchen regen sie an, sie tun ihre Wirkung. Quasi wie Gute-Nacht-Geschichten bei Kindern, so diese Spritz-Ab-Geschichten. Visualisierungen sind in diesem Bereich sehr wichtig.

Auch ich bin ein sehr visueller Mensch, mag es wenn ich lange Lederstiefel oder Lackhosen trage. Das gefällt mir, das kleidet mich, kaschiert und schummelt vorteilhaft Pölsterchen weg.

Auch meinem Ehemann, mit dem ich oft 24 Stunden am Tag zusammen bin und der nebenbei auch mein Haussklave ist, mag diese Kleidung sehr an mir. Zudem ist er auch ein Material-Fetischist, fasst gerne Lack und Leder an. Es erregt ihn.So ein Haussklave ist oft sehr praktisch …!

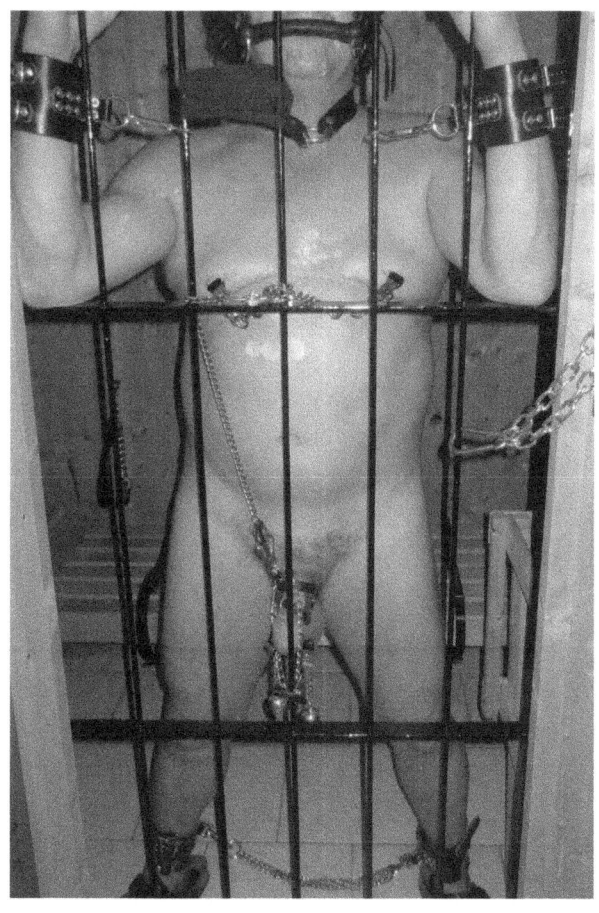

Er erledigt für mich die kleineren und größeren Aufgaben. Meist die für mich unangenehmeren Dinge, Haushalt genannt.

Da bin ich sehr zufrieden mit meinem devoten Mann – er behandelt mich wie seine Königin. Ich brauche da keinen anderen Sklaven.

Im Fachjargon wird der Haussklave auch 24/7 genannt, da er an sieben Tagen 24 Stunden täglich für seine Herrin da ist. Hierzu bekomme ich von fremden Männern immer wieder Anfragen. Irgendwie befremdend.

Wie kommen Männer auf die Idee, alles aufzugeben und dann mir mit Leib und Seele ständig zur Verfügung stehen zu wollen? Sie kennen mich und meine Macken doch gar nicht. Wunschdenken. Träumereien.

Bei dem ganzen Durcheinander von Anrufen, Arbeit, Mitarbeitern, Kunden, Sklaven, Kindern, Freunden freue ich mich einfach manchmal auf meine Couch am Abend. Nichts mehr hören wollen, nicht mehr reden müssen. Nur Ruhe, ein gutes Buch lesen, ein bisschen am Fernseher zappen. Alleinsein mit meinem Mann und Haussklaven.

Eigentlich ist ein normaler Alltag gar nicht so schlimm. Im Gegenteil. Wenn ich genau darüber nachdenke sogar sehr wünschenswert. So ein klein wenig Langeweile ab und an wäre ein wahrer Luxus.

Demnächst – wenn ich bald wieder „offiziell" eine kleine Auszeit vom Haushalt und der Firma nehme - fahre ich mit meinem Göttergatten in unser Chalet in den Bergen.

Inzwischen als Domina-Haus umfunktioniert. Und von wegen Auszeit und Ruhe. Da werden Sklaven gequält, Termine gemacht, Mails geschrieben – und zwischendurch mehrmals mit der Firma telefoniert, geschrieben, geplant.

Eigentlich keine Auszeit, sondern „Anders"-Zeit:

In meinem Domina-Paradies, dem "house of the rising sun".

## Kapitel 9 – The house of the rising sun

Ich bin nicht nur die „etwas andere Domina", so mit Herz, Hirn und Humor. Ich will jetzt auch nicht überheblich klingen, doch ich nenne eine gewisse Intelligenz, Weltoffenheit, Gewandtheit, Umgang mit Dingen, Bewegen auf jedem Parkett sowie eine gute Kinderstube mein eigen. Und ich bin der deutschen Sprache mächtig. In Wort und Schrift. Muss an dieser Stelle auch mal gesagt werden.

Dazu kommt, dass es sich bei meinem Studio nicht um ein gewöhnliches SM-Studio handelt, sondern den Anwärtern ein komplettes Haus zur Verfügung steht. Freistehend, uneinsichtig, mit Garten. Es stehen meine Kunden verschiedene Sklaven-Räume zur Verfügung. Mit Thron, Andreaskreuz, Sklaven-Klo, Fixierungsliege, Gummibondagesack, Kleiderschrank ...

Zwei Käfigen – ein Stehkäfig und ein Hundekäfig, Küche für Putzsklaven, menschliche Spülmaschine und menschlicher Mülleimer, Fixierungs-Garderobe für stumme Sklaven-Diener (stehen am Eingang als Empfangssklave für die eintretenden Gäste), Kerker (umgebaute Sauna mit Gittertüre und Pritsche) für Dunkelhaft, Badezimmer zum Einsauen mit Badewanne, Dusche sowie schwarzer ausgelegter Folie auf dem Boden, Sportgeräte wie Trimm Rad, Trampolin, Schreibtisch für Lehrerin-Schülerspiele, außerdem gibt es einen Schweinestall mit Fixierung und Futtertrog für Sklaven-Mastschweine samt Dreck-Suhl Grube im Garten und Reitgarage für Sklavenponys …

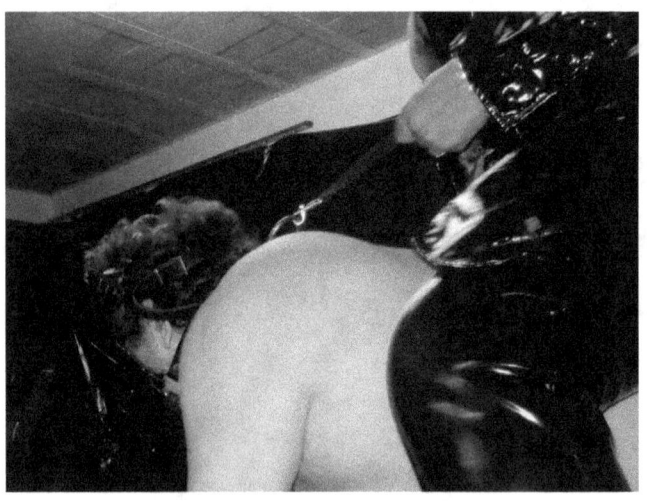

Oh ja es ist schon was ganz anders als die kalte, unpersönliche Studio-Atmosphäre. Wenn auch gerätetechnisch diese Studios top ausgestattet sind. Mein „house of the rising sun" für willige und devote Sklaven lebt von meiner Person. Vom persönlichen, eigenen, andersartigen.

Bei mir steht der Mensch im Vordergrund. Mit all seinen Wünschen und Neigungen. Ob artig oder ab-artig.

Irgendwie hat sich meine Location nach knapp vier Wochen wohl in der Szene herumgesprochen. Ich bekam eine SMS.

Hallo Herrin, wir sind Kolleginnen, habe erfahren dass du über SM-Räumlichkeiten verfügst. Ich und noch eine Kollegin hätten Interesse die Räume ab und an zum Spielen zu mieten. Wäre das möglich? Sauberkeit und Diskretion darfst du voraussetzen. Grüße Sofie

Da war ich erst mal platt. Ich schrieb ihr zurück und meinte wir könnten uns ja mal vor Ort treffen und sie könnten das Haus ja dann besichtigen. Wir vereinbarten ein Treffen mit Sofie und ihrer Kollegin.

Sofie – ihr Profil im Netz: neu neu neu Exklusiv

Luxus Lady Sofie Model, brünett, 175 cm groß, vollbusig, D-Cup, Kleidergröße 34, Masse: 90 – 60 – 90, 30 Jahre alt, ab 10 Uhr erreichbar, ganz privat für den anspruchsvollen Herrn. Auch Haus-Hotel-Bürobesuche im Umkreis von 100 Kilometern. Neu im Programm: Andreaskreuz und ausgefallene Bizarr Spiele: Lack, Leder, Stiefel, Corsage!

Ihr Angebot:

Bondage, Bizarr Spiele, Escort, Rollenspiele, SM....

Weiter im Text: Ich spiele gerne mit meinen Reizen! Ich bin eine sehr einfühlsame und gefühlvolle Sie, die dich wie eine Geliebte verwöhnen wird. Ich trage hochwertige Reizwäsche und Strapse, habe verschiedene Outfits von A bis Z! Ich kann dich empfangen als Sexy Sekretärin wo Du langsam meine Bluse aufknüpfen kannst. Meine Fantasie ist bei Rollenspielen ohne Grenzen! Von leidenschaftlich bis streng!

Die vielen „Ich s" an den jeweiligen Satzanfängen stören mich. Doch nun folgt mein Lieblingssatz:

Ich bin geil und wie eine Granate, du musst mich nur berühren.

Nun folgt Sofies vielseitiger Service: 69, Erotik-Massagen, Kamasutra, Fingerspiele, GV, Französisch, Hotelbesuche, Doktorspiele, SM, NS, Lack, Leder, Umschnalldildo, Fuß Erotik, Rollenspiele (Tante, Lehrerin, Sekretärin...), Kuschelerotik ... Auch Stundenservice möglich. Bitte keine SMS!

Specials:
Zuckerbrot und Peitsche

Neuheiten: Fesselspiele, Entführungen, Lack, Nylonerotik, Zwangsentsamung, frivoles Ausgehen, Zwangsernährung, Bizarrspiele, verbale Erniedriegung, Reizstrom, Facesitting, Nadelungen, Wachsspiele...

Ich glaube es gibt nichts, was diese Sofie nicht macht.

Bin sehr gespannt, wie Sofie wohl so „live" rüberkommt. Ich habe bei der Beschreibung hohe Erwartungen, sprich die Messlatte hängt hoch. Bei dem Angebot und der Personenbeschreibung muss dies ja die Hammer-Frau sein. Dazu später mehr.

Zurück zu meinem Haus. Und zu mir.

Genauso anders als die Location eines „normalen" SM-Studios mit diversen Damen, genauso anders bin auch ich. Ich bin keine junge unerfahrene Teilzeit-Job-Domina, sondern ich bin eine leidenschaftliche Domina. Seit über 30 Jahren, bisher nur für meinen Ehemann.

Ich lebe das Dominantsein. Kein Job, kein Beruf, sondern Berufung. Domina als Lebenseinstellung könnte man sagen. Dazu gehört auch Geist. Denn Geist ist geil. Und Männer zu beherrschen, zu führen, anzuleiten, sagen wo es langgeht das mag ich. Machtgefühl. Erhabenheit. Stolz. Unterwürfigkeit kontra Erhabenheit. Dominanz via Devotheit. Männer mögen gerne mal das Zepter aus der Hand geben, die Rollenverteilung umdrehen. Und sie wollen spielen. Ob mit Lebensmitteln, Spielzeugen wie Fesseln, Peitschen, Klammern, Masken.

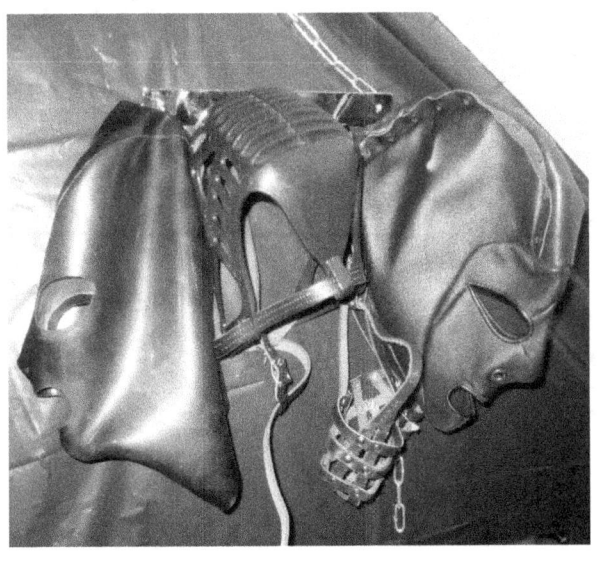

Oder Rollenspiele. Sich Nylons, Highheels anziehen, Dessous tragen. Vielleicht sich so als Frau fühlen. Anders sein dürfen, nicht der gängigen Norm entsprechen müssen. Tierspiele. Dressuren. Schläge empfangen. Gedemütigt werden mit Worten. Traumata ausleben. Kindheitserlebnisse aus dem Schatzkästlein der Erinnerung hervorkramen. Verstecken spielen, Befehle empfangen, sich klein fühlen. Oft weckt man dabei das Kind im Manne.

Erlaubt ist was gefällt. Solange keiner Schaden nimmt, weder Kinder noch Tiere mit im Spiel sind. So meine Ansicht. Und dies ist mir wichtig, werdet ihr noch öfters von mir hören.

Doch zurück zu Sofie.

Dann klingelte es an unserer Tür. Ich erschrak. Ein etwa 25jähriges „Mädchen", etwas ungepflegt in Jeans, Jacke, Ohrringe und ungeschminkt stand vor mir und Gatte Jörg. Auf den ersten Blick wurde uns beiden klar, dass es sich keineswegs um die Luxus Lady Sofie handelte. Und sie kam allein. Anscheinend war die Kollegin verhindert. Seit knapp zwei Jahren war diese Sofie in der Branche tätig. Sie mache nicht mehr so viel, da sie jetzt einen richtigen Beruf hätte und nicht mehr so viel Zeit dazu, als Domina zu arbeiten.

Aha. Es stellte sich heraus dass sie Taxi fuhr. Warum nicht, ein schöner Beruf. So abwechslungsreich, erfordert viel Einfühlungsvermögen und man lernt Menschen kennen. Beste Voraussetzungen also für den Job als Domina. Sie macht wohl auch Nadeln, Nähen, NS, Peitschen, Klinik….eine ganze Menge für so ein junges Ding. Es stellte sich heraus, dass ein Kunde geplaudert hatte. Martin. Der Physiotherapeut.

Sie war Raucherin, trank einen Kaffee und schaute sich unser Haus an. Und sie hatte die Idee, ab und an unser Haus für ihre Kundeneinsätze zu mieten. Weiter stellte sich heraus, dass sie mit dem Studio unweit von mir zu tun hatte. Allerdings bekam sie wohl ihre Jobs und Stammkunden ohne zu inserieren. Um es kurz zu machen, sie sagte wie folgt ab:

Hi, also hab mal drüber nachgedacht und mich entschlossen, das Studio nicht zu mieten beziehungsweise nicht mieten zu können. Ich bezahle sonst 35.- Euro pro Termin. 150.- am Tag (unser Preis) sind mir da leider zu viel da ich dann zwei Termine machen müsste um ein bisschen was daran zu verdienen. Und wenn dann einer absagen würde …! Vielen lieben Dank trotzdem für das nette Treffen!

Keine Ahnung was diese Sofie pro Stunde verlangt. Und wenn ich mir vorstelle, ich sei Gast und dann kommt so ein Mädel und kaut womöglich noch dabei Kaugummi während sie mir gelangweilt auf den Po haut. Geht gar nicht! Sorry, Hand aufs Herz: dann lieber ein gemütlicher Abend auf der Couch als so eine Aushilfs-Domina. Meine ich gar nicht böse, schließlich will jeder schnelles Geld verdienen. Und sicher hat sie auch ihre Qualitäten, keine Frage!

Auf alle Fälle wurde mir eines nach diesem Treffen glasklar: Konkurrenz ist für mich weit und breit keine in Sicht.

# Kapitel 10 – Money Slaves

Es gibt sie wirklich – Männer, die sich von Frauen ausnehmen lassen, ihnen ihr Geld zur Verfügung stellen. Freiwillig. Manche behalten sich nur ein kleines Taschengeld ein, geben sozusagen ihr letztes Hemd. Sie wollen ihre Herrin verwöhnen, sie mit Geschenken überhäufen, teuren Schmuck schenken, Urlaubsreisen bezahlen. Sogar Autos. Und natürlich unterhält der Geld Sklave seine Herrin monatlich mit einer gewissen Summe, finanziert ihr ein schönes Leben. Oft ein Leben in Luxus. Einzige Gegenleistung ist oft nur Kontakt per SMS, Mail oder Skype. Ab und an ein Treffen mit der Herrin zum gemeinsamen Shoppen damit der Sklave auch sieht, wofür die Herrin sein Geld ausgibt.

Es gibt Foren dazu im Netz, Geld Herrinnen haben dazu eigene Seiten um sich bei potentiellen Geldsklaven zu bewerben. Man bekommt sogar im Internet Tipps, wie und ob man solche Einkünfte versteuern soll oder muss, ein Kleingewerbe anmelden – oder wie man das Geld am besten ausgibt.

Cash Divas contra „paypigs" – klingt irgendwie schillernd, bunt. Schöne Namen. Und auch „moneyslavery" klingt viel freundlicher, softer als Geldsklaverei. Eine bizarre Welt für sich.

Hätte mir das Irgendjemand erzählt, mit Verlaub, ich hätte gedacht der spinnt sich das zusammen. Sowas gibt es in meiner Vorstellung der heilen Welt nicht. Warum sollte auch jemand so etwas tun? So quasi ganz ohne Gegenleistung? Klingt zu einfach. Da drängt sich mir die Frage auf, warum arbeitet nicht jede Domina als Geld-Domina, da muss sie sich nicht mit allen – teilweise merkwürdigen oder abartigen Wünschen und Vorlieben – ihrer Kunden rumärgern.

Nun – auch ich habe meine Erfahrung mit einem „sogenannten" – vielmehr selbsternannten – Geld Sklaven gemacht. Per Telefon. Er nannte sich Andreas, hatte einen sächsischen Dialekt, kam aus Querfurt. Erst rief er an, dann sollte ich ihn zurückrufen. Dann wollte er mir Geld geben.

Nein, er drängte es mir förmlich auf. Ich verstand erst nicht – wie kam ein mir völlig fremder Mensch dazu, sein Geld an mich weiterzugeben, einfach so? Mein Göttergatte Jörg meinte nur: sag einfach ja!

Nun, ich meinte dann zu Andreas, er solle mir monatlich 2000.- Euro geben. Er meinte – Herrin das ist zu wenig. Ich gebe dir 2000.- Euro pro Woche. Sofort meldete sich mein Gewissen. So viel Geld? Mir unerklärlich.

Dann ging es los – er nannte mir eine Kontonummer, ich musste diese wiederholen. Dann sollte ich ihn auf seinem Handy zurückrufen, diese Kontonummer bestätigen. Er fragte mich immer, ob er auf allen Vieren kriechen durfte. Ich willigte ein. Dann ging es telefonisch bestimmt zwanzig Mal hin und her – bis er beschloss sich von seinem etwa 1000 Kilometer entfernten Wohnort in sein Auto (BMW) zu setzen und spontan zu mir zu fahren. Er bat mich kurz sehen zu dürfen und wolle mir dann persönlich 4000 Euro in bar bei diesem Treffen übergeben.

Ich nannte ihm den Ort, aber nicht meine genaue Anschrift. Die wollte ich ihm kurz davor sagen. Es war inzwischen kurz vor 24 Uhr und ich legte mich schlafen – es war ein komisches Gefühl zwischen bangen um die Autofahrt eines Fremden und Zweifel. Mein Domina-Outfit behielt ich an und ich döste vor mich hin, schlief mehr schlecht als recht und ab fünf Uhr in der Früh wurde ich unruhig. Wer bis um 12 Uhr am nächsten Mittag nicht da war, war Geldsklave Andreas. Und als ich ihn dann schließlich und endlich gegen

13 Uhr erreichte meinte er nur lapidar, ihm sei etwas dazwischengekommen. Erst jetzt fiel bei mir der Groschen – gutgläubig wie ich nun mal bin - merkte ich jetzt, wie ich veräppelt wurde. Um es kurz zu machen: es war alles nur ein Fake.

Andreas war wahrscheinlich ein gut bürgerlicher und braver kleiner Angestellter und träumte in seiner Fantasie davon, eine Domina mit Geld zu überhäufen. Immer wieder hatte er in seinen Telefonaten betont, er wolle mir immer dienen. Da trifft Wunschdenken, sich einer Frau finanziell völlig auszuliefern, auf die harte Realität, auf Kleinbürgertum, auf Durchschnitt. Er wollte sich einfach größer, toller fühlen, macht über eine Frau via Geld haben, sich wichtigmachen. Nun, ich habe es für mich abgehakt. Mir geht es eigentlich finanziell sehr gut, aber insgeheim hatte ich mir schon überlegt, was ich alles Gutes mit diesem Geld hätte machen können. Spenden, Freunden Geschenke machen – einfach Robin Hood spielen. Hätte mir gut gefallen. Und es wäre auch eine gewisse Form davon gewesen, dass alles wieder zurückkommt wenn man Gutes tut, wenn man spendabel ist und von Herzen gerne gibt.

## Kapitel 11 – Longtime slaves

S ie wollen viele Stunden bleiben. 14, 16, 24 Stunden, ja sogar über Nacht. Oder gleich mehrere Tage. Am besten von Freitagnachmittag bis Sonntagabend. Man nennt es in der SM-Fachsprache: Langzeiterziehung. Der Traum vieler Sklaven. Wunschtraum? Stundenlange Sklaven-Behandlungen-Quälungen und Auspeitschungen. Längere Zeit eingesperrt im Kerker oder Käfig …!

Ich hatte viele solcher Anrufer. Am Telefon oder per Mail spielte Geld keine Rolle – sie boten locker 2000 oder 2500.- Euro für solch eine Session. Wie wenn man sich eben mal ein paar Schuhe kaufte. Geld spielte keine Rolle. So immer der Tenor. Nur sah die Wirklichkeit oft ganz anders aus – was das konkrete Treffen betraf. Hier meine erste konkrete Anfrage von Tobias. Dies möchte ich euch nicht vorenthalten, da sich der Kerl viel Mühe gegeben hat. Hier sein Bewerbungsschreiben an mich:

Sehr geehrte Herrin,

mein Name ist Sklave Tobias, ich bin 32 Jahre alt, aus der Region F., besuche seit 12 Jahren 2-3 mal jährlich Studios und bin eigentlich auf der Suche nach einer erfahrenen Herrin, welche mich zu ihren Zwecken formt und versklavt. Ich habe Sie entdeckt, Ihre Texte und Bilder haben mir sehr zugesagt und ich würde Sie sehr gerne besuchen kommen.

Mein erster Studiobesuch dauerte bereits 3 Stunden, dies war mein kürzester Aufenthalt, mein längster Aufenthalt dauerte 72 Stunden.

Bin schon länger auf der Suche nach einer festen Herrin, dies war bisher wegen meinen Neigungen und auch oftmals Mehrbehandlungen verschiedener Sklaven (Studioatmosphäre) nicht so einfach und ich bin öfter weiter gereist. Ich trage gerne meinen ganzen Aufenthalt über Lederkleidung wie Overknees (habe eigene Stiefel), Ledermini, Lederblazer, lange

Lederhandschuhe, Ledermaske sichtfrei (möchte mich in meiner erbärmlichen Lage sehen können und die Herrin), ein Lederkorsett darunter, schwarze halterlose Nylons, Lederhalsband, bin gerne keusch gehalten, ununterbrochen beweglich eingeschränkt, gefesselt oder fixiert und möchte gerne Ihre Toilette sein. Auch bin ich gerne die längste Zeit immer weggesperrt in Käfigen, dem Kerker, einem Dildokäfig oder einer Box.

Auch hier immer in meiner Kleidung gehalten und unbequem fixiert oder gefesselt.

Meine Herrin sehe ich auch gerne in Lederkleidung, Lederoverknees, schwarzen halterlosen Strümpfen, egal ob streng gekleidet oder aufreizend.

Die Verbalerotik darf streng oder auch aufreizend sein,

genau wie Nähe und Distanz im Spiel. Sehr gerne möchte ich längere Zeit in Ihrer Obhut sein, in absehbarer Zeit bei Interesse und stimmiger Chemie ein paar Tage oder länger.

Weitere Vorlieben von mir sind Klammern und Gewichte an Brustwarzen, Hoden abgebunden oder nach hinten weg, Gewichte an Hoden, anal gestopft sein, geknebelt sein, Streckbank, Spreizstangenhaltung, Auspeitschen...

Arme auf dem Rücken im Armfesselsack, ausgiebiges Facesitting, Trampling, Stiefellecken mit Sohle, KG-Haltung, viel NS ab Quelle, Ohrfeigen, Stiefeltritte, Dominakuss (Spucke aufnehmen), durch die Herrin abgemolken werden oder verbale Erniedrigung. Interesse für Antrainieren von Ballettstilettos bzw.

Overknees. Auch soll ich weiter zu einer KV-Toilette umfunktioniert werden …

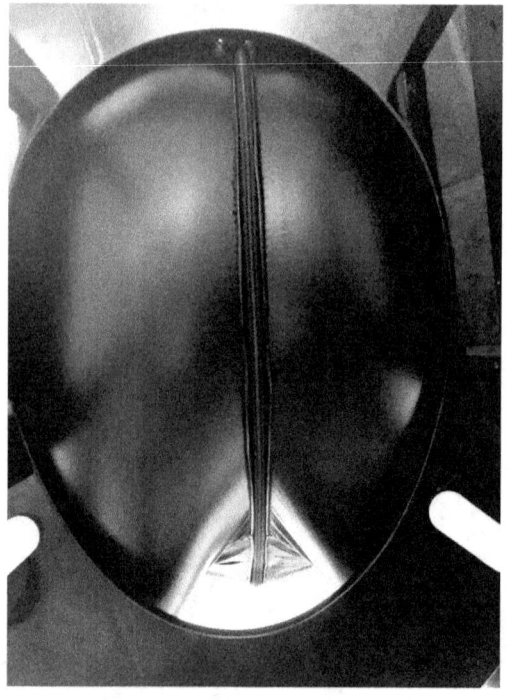

D.h., ich möchte unter allen Umständen und mit aller Konsequenz dazu abgerichtet werden. (habe KV bisher 2 mal verabreicht bekommen). Möchte mein Trinkwasser oder meine Nahrung auch gerne durch Ihren Mund vorgekaut in meinen gespuckt bekommen, zertreten auflecken müssen oder in einem Napf vollgepinkelt etc verzehren müssen. Auch erregt mich der Gedanke, mit einem getragenen Höschen oder Nylon der Herrin zusätzlich geknebelt zu werden, oder einen schwarzen getragenen Nylon der Herrin über meinen Kopf mit Maske gezogen zu bekommen, damit ich noch etwas sehen kann, aber den Geruch inhalieren darf. Ich bin sehr gerne sehr lange weggesperrt (gerne Stunden und länger), das gibt mir den Kick und das möchte ich auch durchstehen müssen, stelle mir vor, dass sich ab und an auch die Zellentür einfach öffnet, ich wortlos umfixiert, geknebelt, mit Brustwarzen- klammern bestückt werde, oder als Toilette benutzt werde und sich die Tür dann einfach wieder wortlos schließt.

Auch könnte ich mir vorstellen (ist so ein Gedanke von mir), dass sich bei Ankunft die Tür einfach öffnet, ich wortlos in meine Kleidung gesteckt werde und direkt mit NS abgefüllt werde und direkt streng fixiert und beweglich eingeschränkt erst einmal weggesperrt werde, ohne dass ein Wort gesprochen wurde.

Meine Tabus sind Klinikbereich, Nadeln, Nähen, Einläufe, Poppers, Branding, sichtbare Spuren bei meiner Entlassung, Hängen über Kopf (wird mir immer schwindlig), verbundene Augen und Dunkelheit, möchte mich und meine Herrin immer sehen können, außer in der Dunkelzelle, TV-Spiele (trotz der Vorliebe für Damenunterwäsche und Damenlederbekleidung), Spiele mit anderen männlichen Sklaven, Outdoorspiele, Arbeitssklaverei, Tierspiele, Zigarettenspiele, ABC-Masken, Selbstbefriedigung, Stromspiele, Ertränkungsspiele oder Atemkontrolle (außer beim Facesitting).

Sollten Sie Interesse an mir haben, die Chemie stimmen und Sie mit mir zufrieden sein, würde ich gerne eine Versklavung angehen mit Sklavenvertrag, Dauer-KG-Haltung und Beginn eines Lebens in Damenunterwäsche mit Nylons, auch außerhalb des Studios.

Ich möchte so geformt werden, wie Sie dies wünschen, meiner Herrin nach ihren Wünschen, Launen und Neigungen zur Verfügung stehen und auch Tabus abtrainiert bekommen (z.B. Outdoor, Spiele mit männlichen Sklaven, sichtbare Spuren etc.), aber bitte nicht beim Erstbesuch.

Dies alles unter der Berücksichtigung meiner Faibles Langzeitverschluss, Leder und Toilette.

Bei einer angehenden Versklavung stelle ich mir auch vor, dass ich Tage oder Wochen bei Ihnen sein muss, Urlaube verbringen muss und dann gerne auch über Tage eingesperrt sein muss. Die Aufenthalte dürfen dann immer noch länger und etwas qualvoller werden.

Mich erregt der Gedanke, dass Sie mir evtl. hier jetzt schon mitteilen, wie ich anfangs fixiert weggesperrt werde bei Terminierung und ich schon mit diesem Umstand leben muss, sollte ich einen Termin erhalten.

Da wir uns noch nicht kennen, finde ich dies sehr aufregend.

Auch würde ich gerne in Damenunterwäsche bei Ihnen eintreffen, dass Sie mir evtl. mitteilen, welche Wäsche Sie an mir wünschen und was ich bei Ankunft anhaben soll.

Für Fragen stehe ich Ihnen gerne zur Verfügung, sollten Sie noch etwas wissen wollen. Auch können Sie mir schon bestimmte Anweisungen zum Eintritt in Ihrem Reich mitteilen und noch, welches Präsent ich Ihnen mitbringen darf, wenn wir einen Termin finden sollten.

Ich habe ab kommenden Mittwoch Urlaub, könnte für den Erstbesuch 2000,00 € mitbringen und Sie behalten mich für mich unbekannte Zeit bei sich in der Zelle und dem Käfig ohne zu wissen, wann das Ganze für mich endet (falls machbar)

Mir ist das Ganze sehr wichtig, ich lebe von meiner Frau getrennt, hatte mich geoutet, weil ich dieses Leben wie beschrieben leben will, einer Herrin gehören will und wissen will, wo mein Platz ist, ohne dass ich noch Ansprüche stellen darf usw, möchte in Abhängigkeit und einer Herrin total verfallen. Habe einen 5jährigen

Sohn. Meine Hobbies sind Fußball, Skifahren, Schwimmen, Motorräder, gehe gerne gut essen und bin selbstständig.

Habe noch etwas Wichtiges... Leide an einer Hausstauballergie, Gräser- und Pollenallergie und Katzenallergie, daher benötige ich ab und an einen Nasenspray. (bitte daher auch kein Stroh oder Gräser in der Zelle etc.) Sonst bin ich gut belastbar. (bis auf "über Kopf") Über eine Antwortmail würde ich mich sehr freuen. Devote Grüße Sklave Tobias

Nun – Sklave Tobias schrieb und schrieb – und ich - vertrauenswürdig wie ich nun mal bin, antwortete ihm. Es wurde ein Termin für Langzeiterziehung ausgemacht, er schien ein netter Kerl mit Erfahrung zu sein.

Am verabredeten Tag, er wollte um 18 Uhr seinen Dienst antreten, schrieben wir uns schon ab sieben Uhr in der Früh versaute SMSen.

Er wollte mir einen großen Rosenstrauß (für jede Stunde bei mir eine Rose) mitbringen, ich besorgte Lebensmittel, Sahne, Obst. Er informieret mich über alles – dass er losgefahren sei, die Blumen abgeholt hätte …

Daher bereitete ich mich vor, zog mich an. Dann – eine knappe Stunde vor Beginn des Treffens – eine SMS:

Meine Frau ist krankgeworden und ich muss nun zurückfahren und auf unser Kind aufpassen da die Großeltern im Urlaub sind. So schade, müssen wir verschieben, so auf nächstes oder übernächstes Wochenende.

Da fiel bei mir endlich der Groschen, merkte ich, wie ich verarscht worden war. Gott bin ich manchmal gutgläubig, naiv und ja – einfach nur dumm. Tobias ein Schwätzer, Selbstüberschätzer, Möchtegern.

Ich war sauer. Stinksauer. Ich fand ihn dann via Facebook mit einem Bild von seiner Tochter und seiner Ex. Er war Besitzer eines Kiosks, wollte sich gerne als großer Macker aufspielen.

Vielleicht stimmte die Geschichte ja – ich weiß es nicht und will es nicht wissen. Er verstand gar nicht warum ich sauer war, Komisch – sollte ich mich freuen wenn er eine Stunde vorher absagte?

Ich erhielt noch viele Anfragen für Langzeiterziehung. Ein Geschäftsmann aus Singapur rief an (zeigte mein Handy an), eine SMS-Anfrage, Anfragen über GMX – alles nur Schwätzer.

Und mal logisch nachgedacht: keiner der Männer kennt mich und warum sollte man jemanden länger buchen der einem fremd ist? Also erst einmal ein oder zwei Stunden eine Session buchen, dann sehen wir weiter.

Ich sagte seither nie mehr eine Langzeitbehandlung zu. Lernen aus Erfahrung. Einmal zu viel Vorschuss-Vertrauen reicht. Bei diesen Geschichten treffen einfach Wunschvorstellungen auf Realität.

Und beides differiert oft meilenweit voneinander.

# Kapitel 12 – Canceling

Absagen – und Ausreden – noch nie im Leben hatte ich mit so vielen Absagen umgehen müssen. Aber auch da gab es zwei Kategorien: diejenigen, die einen Termin mit mir ausmachten und dann ganz plötzlich ein Geschäftstermin hereinbekommen haben (sehr beliebt, weil es die Männer natürlich sehr wichtig macht), nicht wegkommen vor lauter Arbeit oder gar für einen krankgewordenen Kollegen einspringen müssen. Ist edel und selbstlos. Wenn dies alles ein paar Tage vor dem vereinbarten Termin passiert – kein Problem! Aber so eine Stunde vorher – nein das mag ich nun wirklich nicht.

Oder noch besser: die Männer die so richtig unter der Fuchtel ihrer Ehefrau stehen und sich sonntags mal für ein bis zwei Stunden zum Sport wegschleichen wollen, mit mir einen Termin ausmachen und dann kleinlaut anrufen, dass sich jetzt nun doch am Sonntagnachmittag Besuch angekündigt hat. So ein Pech!

Zudem hasse ich Unzuverlässigkeit und Unpünktlichkeit.

Schlimmer aber finde ich die zweite Kategorie von Männern, nämlich die, die mir ihren Fetisch gerne am Telefon beschreiben, mich ausfragen und und und. Dann einen Termin ausmachen. Keine Bestätigung folgt. Natürlich auch weit und breit kein Erscheinen eines Gastes.

Daher gebe ich meine Adresse nur etwa 30 Minuten vor dem ausgemachten Termin preis.

Leider weiß ich jetzt ganz viele Dinge, die ich lieber nicht

wissen möchte. Zu viel bildliche Beschreibungen, zu viele
schräge und wirre Geschichten. Unnützes Wissen sozusagen.

Denn ob und wie sich Roland – beim nächsten Anruf nannte
er sich übrigens Jochen – nun wie auch immer von mir
„feminisieren" lassen wollte (mit Nylons, geschminkt,
Perücke … sich als Frau fühlen) – war mir letztendlich so
was von egal, ich bin keine kostenlose Ratgeberin und mit
der Seelsorge hab ich auch nicht wirklich was am Hut. Da
gibt es sicher kompetentere Leute als mich. Und geduldigere
Menschen.

Oft rufen mich auch Leute mit eigentlich ganz gewöhnlichen Fetischen an – ein Friseur sucht eine Domina als Model um ihr die Haare zu schneiden. An sich eigentlich eine tolle Sache. Schließlich sagt man uns Frauen nach, dass wir sehr gerne zum Friseur gehen.

Da bin ich mal wieder anders als alle. Denn ich persönlich hasse es wenn mir jemand an die Haare geht. Selten sieht mich ein Friseursalon von innen, nur wenn es nicht mehr anders geht mit schneiden und färben. Meine Frisur ist wild und unbändig. Und passt zu mir. Ein Friseur bot mir an, mich völlig um zu stylen, sprich kurze blonde Haare. Ich sollte ihm in Lackkleidung Model sitzen und er wolle mich in Nylons und vorher von mir komplett enthaart die Haare machen. Geduldig und mehrfach erklärte ich ihm, dass ich meine Haare keiner Radikalkur unterziehen wolle.

Ein anderer Sklave schrieb mir, er wolle mich zum Essen einladen und ich solle mich „scharf" anziehen. Und ihn auf dem Weg zum Essen mit dem Halsband durch den Park oder die Stadt ziehen. Dann ging es hin und her. Er wollte dann doch tatsächlich mit Halsband und Klammern beim Essen sitzen. Nicht mit mir in einem Restaurant! So viel zu seiner Vorstellung. Ich sagte ab.

Auch diverse Angebote zur „Scheinschlachtung" lehnte ich dankend ab. Genauso wie alles was mit Anal zu tun hat. Weiter wollte ich mit Umschnalldildo, Reizstrom, Nadeln, Nähen und Skalpell nichts zu tun haben. Der komplette weiße Bereich, Klinik, ist nicht mein Ding. Man muss nicht alles machen. Nein, ich will nicht!

Oder Klaus – er schrieb, rief mich an, damit er meine

Stimme hören konnte. Er wollte mich kennenlernen, ins Restaurant einladen. Sein Verlangen und Begehren wuchs, er war ganz aufgeregt.

Und was soll ich sagen? Er ließ den Termin platzen. Eine Stunde vor dem Termin. Dringende Geschäfte. Genügend Text-Vorlagen zum Abspritzen hatte er ja mittlerweile gesammelt. Zum Glück habe ich ihm kein Foto mit Kopf von mir geschickt, dass hätte er gerne gehabt.

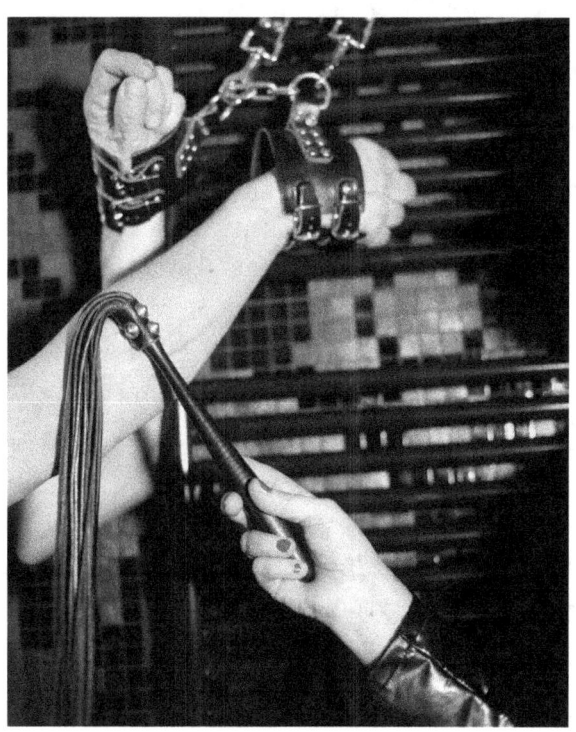

# Kapitel 13 – Better go to the doc

Irgendwie beschleicht mich so langsam das ungute Gefühl, dass ich sämtliche Psychopaten und Irren dieser Welt geradezu magisch anziehe. Anbei ein paar Beispiele von harmlos gestörten und hardcore-Gestörten – und alle bewegen sich frei unter uns.

Fangen wir mit Wolfgang an. Er gehört zu der harmlosen Sorte. Nach einem Telefongespräch folgte eine entzückende Mail.

Er fand mich so nett, offen und wollte sofort nach dem Telefonat sein Schicksal in meine Hände legen. Und ich sollte ihn als sein Spielzeug gebrauchen. So weit so gut. Als „Beweis" seiner Dominatauglichkeit konnte ich ihn kopfüber aufgehängt neben einer Domina bewundern. Äußerst spannend. Und er meinte er sei sehr spontan und ich solle ihn anrufen wenn ich einen Termin für ihn hätte.

Was ich dann auch getan habe. Sein spontan sah so aus: er musste es sich überlegen und als Antwort kam ein Foto: Wolfgang beim Arbeiten mir einer Flex-Maschine und mit Mundschutz. Ein fleißiger Mensch. Sollte wohl übersetzt heißen: ich bin am Arbeiten und habe keine Zeit. Übrigens habe ich nie mehr was von ihm gehört.

Nun – es geht noch besser. Stefan schrieb mir eine SMS . Das Übliche, er wollte erzogen werden. Kein Problem, dafür bin ich ja da. Dann folgte die nächste SMS – Frage nach Keuschhaltung. Auch kein Thema, kann er haben. Dann fragte er in SMS Nummer drei nach weiteren Möglichkeiten der Keuschhaltung. Geduldig schrieb ich ihm zurück. Weiter im Neigungs-Wunsch-Katalog von Stefan: er wolle putzen und sich dabei als Putzfrau mit Häubchen und Schürze verkleiden. Nächste SMS – er wolle mich anrufen. Dann wieder eine, er wolle nun eine geblümte Kittelschürze tragen – und Lockenwickler...

Wer nicht angerufen hat war Stefan. Denn er musste zum Zahnarzt und hat mich vergessen. Möchte dann morgen anrufen, schließlich hat er Zahnweh. Ah – ich verstehe – es telefoniert sich mit Zahnweh so schlecht. Es stellte sich in weiterer SMSen heraus, dass er vor lauter Angst sich nicht zum Zahnarzt getraut hat. So – ich habe fertig mit Stefan. Ich bin weder  seine Mutter, Freundin noch Psychotherapeutin die ihm beim Zahnarzt-Phobie-Problem helfen kann. Na gut, ich habe ihm geraten, es doch mal mit Hypnose zu versuchen.

Nach Stefan jetzt Steffen. Dieser steht auf Psychofolter und fände es toll, wenn ich ihm dabei helfen könnte, sich das Rauchen abzugewöhnen.  Auch ansonsten scheint er speziell zu sein. Hier seine erste SMS von insgesamt 60!!! Nachrichten – wobei ich dazusagen muss, dass er mich nach meiner ersten Antwort angerufen hat und mich 45 Minuten „zu getextet" hat. Seine erste SMS:

Hallo Herrin, da ich den Rest des Jahres geschäftlich in L. bin, würde ich sehr gerne einen Termin für eine Langzeitsession (je länger umso besser) (was habe ich über diese Langzeittypen gesagt – alles Spinner – ich hätte es ja wissen können...) bei Ihnen machen. Mein Fetisch ist Latex und Bondage als TV. Ich selbst habe einige Latex-Frauenkleider und High Heels. Ich stehe nicht so auf Peitsche und Rohrstock sondern auf Psycho-Folter. Es würde mich sehr freuen, wenn es zu einem Date kommen würde. Liebe Grüße Steffen

So weit, so gut. Und dann wollte er – ich versuche mich kurz zu fassen – dass ich als Sportlehrerin ihn auf den Heimtrainer fessle, wollte auf einen Stuhl geknebelt und gefesselt werden, wollte vom Rauchen per Bestrafung wegkommen, wollte von mir komplett rasiert werden ...

Kurz: wir vereinbarten einen Termin um Sonntagfrüh um zehn Uhr. Was soll ich sagen? Mitten in der Nacht kam die Absage des Vielschwätzers: seine Mutter sei wegen eines Schlaganfalls ins Krankenhaus gekommen und er müsse absagen. Hat wohl kalte Füße bekommen der Typ. Thema Absage kenn ich ja schon zur Genüge.

Die Anzahl von Steffens Nachrichten war nur noch zu toppen von Markus – mit über 100 Stück.

Markus fing eigentlich ganz harmlos an. Frage nach Termin, Kosten, seine Wünsche. Seien Vorlieben für Splitting, NS und Zwangsernährung teile ich. Er sei Anfang 40 und devot. Da fragte er mich er danach, mir als Toiletten Sklave dienen zu dürfen. Muss er irgendwo gelesen haben, denn er verstand es nicht. Erklärungen von meiner Seite folgten. Lebende Toilette – Fehlanzeige. Dann hin und her – er hatte NS schon auf dem Körper aber noch nie getrunken. Ich: versuch es halt mal. Er: sie müssen mich dazu zwingen. Dann erzählte er mir dass er seinen eigenen Urin schon einmal getrunken hat, er Bananen hasst ... Dann wird es nervig und zäh. Fragen über Fragen. Ich fühlte mich verarscht, versuchte aber geduldig zu bleiben. Nun möchte er mir zum Antrittsbesuch Sekt mitbringen. Schön. Nun fragte Markus doch tatsächlich wie hoch die Absätze meiner Overknees sind. Unglaublich. Dann ob ich eine Sklavin hätte. So ganz langsam platzte mir die Hutschnur. Um das Kapitel Markus hier abzuschließen: er fragte mich ob ich auch Frauen erziehen würde. Klares nein von meiner Seite. Nun wollte er zum Termin eine Frau mitbringen. Aber jetzt kommt der Knaller: es schrieb mir Bianca, die gerade „zufällig" bei Markus saß ob sie zum Termin mitkommen kann.

Das war es dann. Ich habe nicht mehr geantwortet und wer zum vereinbarten Termin nicht erschienen ist – Markus.

Ohne Worte. Manche Menschen sind einfach nur dumm. Leider nicht zu ändern. Es macht keinen Sinn sich darüber zu ärgern oder darüber nur ansatzweise nachzudenken. Vergebens. Jetzt mal was etwas Schönes zum Lesen.

Sklave Andreas, 53 Jahre, lebt in Hamburg. Seine SMS:

Sehr geehrte Herrin, seit Tagen komme ich nicht zur Ruhe, seitdem ich ihr Profil entdeckte. Leider lebe ich in Hamburg, also viel zu weit weg, um Ihnen real dienen zu können. Ich lebe seit 30 Jahren als Sklave, bin extrem devot, keine eigene Familie, lebe zurückgezogen. Hätten Sie eine Verwendung für mich? Hochachtungsvoll in Demut Sklave Andreas

Es war schön geschrieben, ich wünschte ihm alles Gute und musste leider verneinen. Dann wurde es rührend: Danke Herrin. Das wünsche ich Ihnen auch zu Füssen liegend …

Ich werde jeden Abend Ihr Profil besuchen. Ich habe viel erlebt, aber manchmal macht man eine Seite auf und alles ist anders wie davor. Genießen Sie Ihre Göttliche Ausstrahlung und sicherlich Ihre einzigartige Dominanz. In tiefer Demut Sklave Andreas.

Seine Worte gefielen mir, hatten etwas Poetisches. Und er spürte dass ich anders bin, Domina aus Leidenschaft sozusagen. Und er schrieb nochmals:

Ehrlich, genau das ist es, was mich ihr Profil spüren lässt, die wahre Einzigartigkeit! Ich werde mich die Tage ausführlich per Email an Sie wenden, da ich nicht anders kann. Für mich gibt es nur das Sklavendasein, das bürgerliche Leben habe ich in mir ausgelöscht. Nur so kann ich sagen, ich lebe das, was ich bin und mich glücklich macht. Ich wünsche Ihnen ein göttliches Wochenende. Hochachtungsvoll in tiefer Demut Sklave Andreas.

Dann musste ich ihn enttäuschen, da ich keine Erziehung per Email mache. Schade, diesen Menschen der so sehr das Sklavendasein auslebt und dafür sein bürgerliches Leben eingetauscht hat, hätte ich sehr gerne kennengelernt.

Aber ich bin eigentlich keine Psychologin, kann keine professionellen Ratschläge geben. Obwohl die Ausübung der Domina oft vieles mit Psychologie gemein hat – nicht verarbeitete Traumata, nicht ausgelebte Kindheitswünsche, noch einmal ein Baby sein, sich wie ein Tier benehmen, als Mann die Frauenrolle übernehmen, übers Knie gelegt zu werden, als Schüler von der Lehrerin gezüchtigt zu werden. Eine endlose Liste.

Und dennoch gehen mir manche Schicksale rein menschlich gesehen sehr nahe, berühren mich Worte, möchte ich oft wissen, wer dahinter steckt.

# Kapitel 14 – 12 slaves

Nomen est Omen? Wann war mein Domina-Experiment beendet? Mein Passwort bei der gmx-Email lautete: Domina 12.

Sie nannten sich Erwin, Stefan, Martin, Frank, Felix, Jochen, Ulrich, Albin, Markus, Harald, Roland und Marcel. Vom Alter her alles dabei – von 23 bis 60 Jahren. Typen wie sie nicht unterschiedlicher sein könnten – dick, dünn, sportliche und drahtige Figur, schmal, muskulös, große und kleine Männer. Nette und äußerst charmante Männer, wortkarge und ruhige Menschen – querbeet. Und alle waren sie nackt, krochen sie vor mir, lagen mir zu Füssen.

Ich musste die unterschiedlichsten Schwänze begutachten, große, lange, schrumpelige, kleine. Viele waren sehr erregt, standen sofort, manche konnten selbst mit einem nicht steifen Glied abspritzen. Ob mal das alles sehen muss oder will – ich weiß es nicht. Aber schon erstaunlich, wie unterschiedlich in Form und Aussehen doch männliche Penisse sind.

Es waren Geschäftsmänner, normale Typen mit normalen Berufen wie Masseur, Friseur, einer wollte unbedingt Poppers nehmen, ich verbot es ihm. Ein anderer gab mir sein Asthmaspray und Notfall-Pillen um ihn bei einem Herzstillstand wieder ins Leben zurückzuholen. Das irritierte mich doch sehr.

Erwin, der Mann mit dem Gummistiefel-Fetisch, Stefan den langhaarigen lieben Kerl der brav in den Schrank gestellt und im Kerker schmoren wollte, kennt ihr bereits. Auch von

Martin dem Physiotherapeuten, der sich hart in die Eier treten ließ und Frank dem smarten Geschäftsmann der es dirty liebte habe ich berichtet. Die anderen Sklaven-Exemplare möchte ich euch nicht vorenthalten. Gerne plaudere ich aus dem Nähkästchen.

Kommen wir zu Felix, 24 Jahre, er könnte ganz lässig mein Sohn sein. Von Beruf Friseur, ist er auf dem Gebiet der dominanten Erziehung noch Anfänger. Aber er hat viele Fantasien im Kopf. Er ist ja quasi noch ein Kind.

Er ist liebenswert, fragt viel, mag es gerne versaut – mag Sahne von den Brüsten lecken, den Hintern mit Schokopudding einsauen und spritzt gerne ab. Seine Vorstellung sein Sperma, das er brav in ein Sektglas gewichst hat, zu trinken, scheiterte dann in der Realität. Vorstellung ist die eine Sache, aber die Wirklichkeit sieht dann doch ganz anders aus. Er fragte mich ängstlich, ob er denn das Sperma jetzt trinken müsse? Ich musste lachen und verneinte. Auf Schlagen und Quälen steht er nicht, er mag Nähe und die Optik einer Domina.

Er hat sich sogar Equipment besorgt, Dildos. Aber ich stecke ihm so ein Teil nicht in seinen Hintern, lehne anale Geschichten komplett ab. Wir haben uns über seinen Beruf unterhalten, er muss sich in dem Laden um die Auszubildenden kümmern. Und Felix hat immer versucht zu handeln. Okay, als er mich zum zweiten Mal besuchte, hab ich ihm einen Sonderpreis gemacht.

Dann kam Jochen. Er war ein lässiger Geschäftsmann. 47 Jahre alt. Schlank, groß. Schaute einem direkt in die Augen. Das mag ich. Sehr smart, sehr sympathisch. Ihm kam es zweimal. Er meinte ein drittes Mal abspritzen würde er nicht überleben, er hätte Angst einen Herzinfarkt zu bekommen. Karl war genau meine Kragenweite. Wir verstanden uns. Sympathie auf beiden Seiten. Und er schätze meine Art der Dominanz, meine Leidenschaft. Aber von Anfang an:

Sehr geehrte Herrin, sie haben ein wundervolles Profil. Ich bin übernächste Woche von 5.11. bis 7.11. beruflich in den Bergen und würde mich über ein Treffen mit Ihnen sehr freuen.

Ich bin ein 47 jähriger gepflegter Mann, der jedoch am liebsten Ihr Sklave für dreckige Riech, Leck und Schluck Übungen wäre. Insbesondere duftende Füße, schmutzige Schuhe, NS und auch bitte unbedingt die Zwangsaufnahme von KV. Wenn Sie Zeit und Lust haben, dann bitte ich um einen Termin. Vielen Dank Jochen

Nun – meine Füße riechen eigentlich nie – wirklich – und KV möchte ich nicht garantieren. So habe ich es Jochen gesagt – und der Sklave hat es akzeptiert. Der Termin stand also:

Sehr geehrte Herrin, ich werde Donnerstag 6.11. spätestens 18 Uhr bei Ihnen sein um meinen Dienst als Ihr tabuloser Schluck-Sklave für zwei Stunden anzutreten. Vielen vielen Dank vorab, sie sind eine wunderbare Frau. Sklave Jochen

Nun – ich freute mich auf ihn, er schrieb so respektvolle und schmeichelnde Emails. Wusste was er wollte aber war dennoch nicht aufdringlich. Man stellt sich dann auch einen Menschen hinter den Worten vor, malt sich ein Bild von ihm.

Ist er verheiratet, hat er Kinder, welchen Beruf übt er aus?

Was macht er in seiner Freizeit? Ein Interesse von ihm weiß ich ja bereits: er sucht Dominas auf.

Und er schrieb mir folgende Bitte, der ich gerne nachkam:

Sehr geehrte Herrin, ich muss ständig an Sie und an unsere Verabredung in 10 Tagen denken. Bereits durch die wenigen Zeilen, die wir bisher gewechselt haben spüre ich eine tiefe Hingabe zu Ihrer Person. Die Vorfreude ist sehr groß!

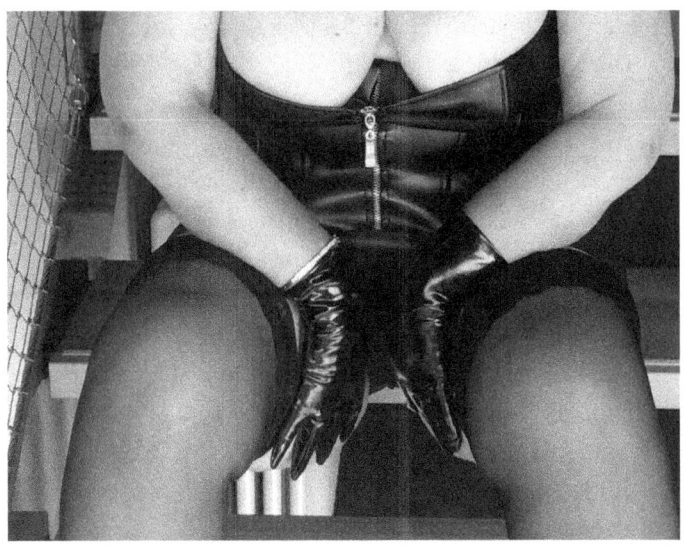

Gibt es die Möglichkeit, dass Sie mit mir bis zu unserer Verabredung per mail in Kontakt bleiben, um meine Vorfreude noch ins Unermessliche zu steigern? Ich wäre sehr dankbar dafür. Mit devoter Hingabe. Sklave Jochen

Dann wieder eine Mail, er teilte mir seine Gedanken mit und konnte unser Treffen kaum erwarten, fieberte dem entgegen. Ein emotionaler Gefühlsmensch. Sehr gut.

Guten Morgen Herrin, vielen Dank dafür, dass Sie mir die Möglichkeit geben Ihnen meine Gedanken mitzuteilen. Ich kann mir vorstellen wie knapp Ihre Zeit ist, ich weiß das wirklich sehr zu schätzen. Meine Gedanken drehen sich im Moment um diese wundervolle Herrin, die ich auf den Bildern im Internet gesehen habe und meine Fantasie läuft dabei auf Hochtouren, es ist ein wundervolles Gefühl, es fühlt sich so lebendig an. Ich stelle mir z.B. vor wie die Begrüßung sein wird. Dabei stelle ich mir vor, dass Ihre Stiefel perfide schmutzig sind. Nicht dreckig in Form von Schlamm, sondern mit speziellen Aufgaben für die Sklavenzunge bestückt. Eingetrocknete und frische Essensreste, eingetrocknete Spucke, Kaugummis oder sonstige Gemeinheiten, die der Herrin eingefallen sind. Ich muss mich überwinden der Aufforderung nachzukommen. Ich stelle mir auch vor wie die Herrin mich beim säubern Ihrer Stiefel genau beobachtet und jedes Mal lächelnd Freude dabei empfindet, wenn die Herrin den Ekel und den Widerwillen in meinem Gesicht sieht. Sie lächelt weil Sie dann weiß, dass mir die Aufgabe keinen Spaß macht. Gut so! Sie mag es wenn ich mich Ihrem Willen unterordne. Sklave Jochen

Besonders schön wenn devote Sklaven mir schreiben finde ich die höfliche Anrede wie – geehrte, verehrte, beste Herrin erhabene Herrin, Königin…Sie stilisieren „Ihre" Domina, setzen sie auf einen Sockel, ja auf einen Thron und sich selber machen sie ganz klein. Sind demütig.

Dominanz trifft Devotheit. Sie erniedrigen sich und erheben die Domina zur Göttin. Ein Spiel das mir gut gefällt. Hebt das Selbstbewusstsein und das Selbstwertgefühl enorm.

Jochen schrieb und schrieb:

Guten Morgen geehrte Herrin, vielen Dank für das Mail von vorgestern, ich kann Sie und Ihre schmutzig geilen Stiefel deutlich vor mir sehen, Sie sind herrlich grausam versaut und ich bin mir sicher Sie werden mit Freude und dem nötigen Nachdruck dafür sorgen dass sie schnell wieder blitzeblank werden. Und ja, ich bin Ihr lächerliches kleines Miststück und einen unwürdiger Sklavenwurm und benötige daher dringend Ihre gute Erziehung.

Bitte gnädige Herrin, erziehen Sie mich nächsten Donnerstag dazu an allem zu riechen, zu lecken und alles zu schlucken was auch immer Sie wünschen.

Egal, ob es Ihre Spucke ist, in Ihrer Pisse aufgelöstes Toastbrot, mein eigenes Sperma oder Ihre streng duftende Scheiße. Erziehen sie mich bitte dazu es nur aus einem Grund zu tun. Nicht weil es geil ist, oder dem Sklaven sogar noch Spaß macht ... Es gibt nur einen Grund:

Weil Sie es so wollen! Weil es der Wille meiner Herrin ist. Vielen Dank und einen wunderschönen Tag wünscht Sklave Jochen

Jochen kam. Es war mein bisher angenehmster Kunde, Gast. Er bezahlte für zwei Stunden war aber nach einer guten Stunde fertig. Seine Vorfreude, das Kopf Kino und seine Erregung waren sehr groß.

Und wie schon erwähnt – er spritzte zwei Mal ab.

Er bekam NS, durfte meine langen Lederstiefel ausgiebig schlecken und küssen, meine Füße lecken in Strümpfen sowie nackt, ich schlug ihn sanft, er leckte Sahne ausgiebig von meinen Brüsten und leckte meinen Po mit Schokopudding sauber.

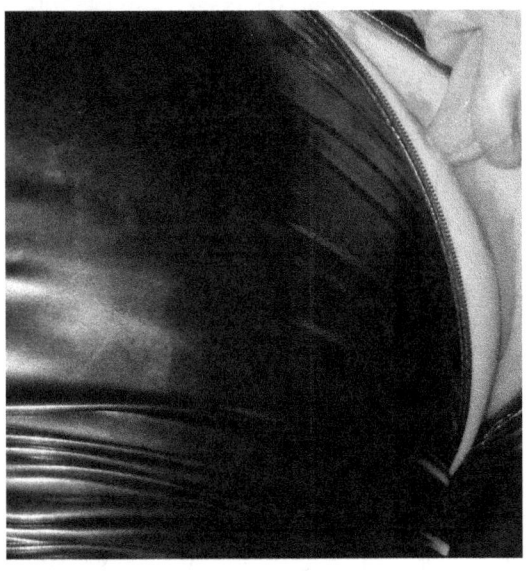

Ich verabreichte ihm vorgekaute Lebensmittel quasi von Mund zu Mund. Er schaute mich an und als alles vorbei war meinte er ich sei gut. Und das sagte er nicht nur aus Höflichkeit. Wir unterhielten uns danach noch ein wenig und er spürte, dass ich Domina aus Leidenschaft bin. Und wir haben uns auch unterhalten, dass seine Partnerin keine Lust auf solche Domina-Spielchen hat. Sie würde es dann ihm zu liebe machen, dass wolle er aber nicht. Und er beglückwünschte meinen Ehemann mit so einer Frau wie mich die das Domina Sein auch im Alltag auslebt. Das tat gut. Und wie!

Es kam dann auch eine liebe Mail von Jochen:

Hallo beste Herrin, es war wundervoll, Du bist wirklich sehr sehr gut! Dankeschön! Tust Du mir bitte noch den Gefallen und sendest mir ein Pic von Deinem Kaviar? Vielleicht mit Deinem wunderschönen Fuß daneben ... Wäre toll! Danke Jochen

Sklave Jochen, wenn ich das nächste Mal "kann" dann denke ich an dich und mache ein Foto. Ich platziere meinen Fuß neben KV im Hundenapf - so bekommst du richtig schön versaute Fantasien - das mag ich! Kopf Kino, erotische Ekstase im Gehirn, alles mit Herz, Hirn und hemmungsloser Leidenschaft !!! In diesem Sinne ein versautes Wochenende wünscht dir die Herrin.

Okay, ich kam der Bitte nach und hab mich überwunden und ein Häufchen in den Hundenapf gemacht. Dann schickte ich ihm die Fotos – per E-Mail. Und dann die Hammer-Mail: Herz Hirn und grenzenlose Leidenschaft finden sich in Dir vollständig wieder! Du bist im wahrsten Sinne eine Traumfrau. Ich bin mir sicher wir haben uns nicht das letzte Mal gesehen.

Dann waren da noch Ulrich, genannt Uli, Mercedes-Fahrer aus der Pfalz und zu 100 Prozent Büromensch oder Ingenieur. Schätze ihn so auf Mitte oder Ende 30, wirkte dynamisch. Nett. Schlank. Er schrieb eine SMS. Kurz und einfach mit allen wichtigen Fragen. Ganz unkompliziert: Hallo Herrin, Ich bin Anfänger, hätte Interesse an einer Session ...! Stelle mir eine Lady mit einem schwarzen Lack oder Ledermantel vor, wo mich verhaftet und ich ihr ausgeliefert bin, ist so was möglich? Wann vergeben sie Termine? Mit wieviel Tribut muss ich für eine Stunde rechnen? LG Uli

Ich schrieb ihm und machte ihn verbal ein wenig heiß. Eigentlich gemein – aber es turnte ihn an wie ich so dirty talk per SMS machte. Seine Antwort:

Hallo Herrin, da wird es bei mir ganz heiß und eng in der Hose - bei deiner Verbalerotik ist geil mach weiter. Ich melde mich morgen telefonisch. Sonntagmorgen wäre gut? GLG Uli

Schön wenn einer Anfänger ist. Uli liebte Leder. Und meinen langen Ledermantel, den ich extra für ihn anzog. Er durfte meine Brüste anfassen, lecken, meine langen Lederstiefel natürlich auch – so wie es sich für einen braven Sklaven gehörte.

Und am Leder riechen, ich schlug ihn sanft, und er holte sich einen runter, spritzte ab. Er sprach nicht viel, er schaute mehr, konnte vom Anfassen meiner Lack Hose und dem strengen Ledermantel nicht genug bekommen. Erst fasste er die Materialien ganz zaghaft an, danach etwas forscher und dann spürte ich wie er es in vollen Zügen genoss. Still, ruhig, achtsam. So wie jemand einen guten Wein, ein schönes Essen, ein Konzert genießt. Irgendwie verständlich, in seinem täglichen Alltag, Büro, sieht man kaum jemand in Lederkleidung oder gar mit freigelegten Brüsten.

Auf Verbalerotik stand er voll, ließ sich als kleines Sklavenschweinchen titulieren, war mein Stiefelknecht.

Die Stunde hat sich für ihn gelohnt. Ich denke ich habe ihn sanft aber bestimmt in die Materie „Domina" eingeführt. Auch ohne Spuren zu hinterlassen, er hatte ja eine Freundin.

# Kapitel 15 – Slaves, slaves, slaves ...

Albin – den Namen hatte ich vorher noch nie gehört. Er war der achte in der Reihe. Aus der Schweiz. Ungefähr Anfang 50, Raucher, Jeanstyp. Mit Erfahrung in diesem Bereich. Wollte gleich Poppers nehmen, ich lehnte ab. Nein, ich verbot es ihm. Er gehorchte. Schließlich war er in seiner Rolle als Sklave bei mir und hatte auch zu gehorchen. Basta. Er buchte eine Stunde. Nach etwa 3o Minuten war er fertig, hatte sich einen gewichst. Man nennt sowas wohl „eine schnelle Nummer". Er leckte gerne – meine Muschi war tabu für ihn! Po und Brüste leckte er mit Sahne ab, sein Schwanz machte Musik mit Kuhglocken als Gebinde. Lustig. Nannte sich selbst wortkarg. Es war nicht einfach für mich, ich musste ihn mehr oder weniger motivieren, einfach anstrengend. Ich hatte auch kein Gefühl dafür, was ihm besonders gefiel – außer meinen nackten Brüsten. Das einzig Gute daran, es ging alles schnell rum. Aber ich gebe gerne mehr, möchte im Gegenzug dann auch etwas Leidenschaft von meinem Gegenüber spüren. Hier: Fehlanzeige. Für mich war klar, so ein Gast sucht eine andere Domina. Im Vorfeld stellte er sich etwas kompliziert an, denn er wollte abgeholt werden, ich verneinte. Wo kämen wir denn da hin wenn man die Sklaven jetzt schon abholen und einsammeln müsste?

Zu Nummer neun:

Markus, auch ein Schweizer. Ist da irgendwo ein Nest? Er war auch schon ein erfahrender Sklave. Mit Niveau, gepflegt, guter Umgang. Blond gefärbtes kurzes Haar.

Erster Eindruck: Typ Goldkettchen am Strand, aber nett. Mit Bauch. Er zog sich dann auch den Ganzkörperlackanzug an – mit Reißverschluss. Und dazu die Gummimaske. Sah irgendwie außerirdisch aus …

Er stand auf Nippelfolter, an den Eiern spielen, abbinden, NS aus dem Hundenapf, nichts außergewöhnliches. Er mochte meine Brüste und schlabberte daran rum. Auch er durfte mich leckten, ausnahmsweise. Er schätze meine Kleidung, bewunderte die Kleidungsstücke im Zimmer, meinte es wären hochwertige Stücke. Ein Kenner.

Dann plauderten wir ein wenig, ich „rechtfertigte" mich, dass ich anders sei als die anderen Dominas. Er fand es sehr gut und ich solle es beibehalten, genauso bleiben.

Der Zehnte in der Reihe: Harald aus K.-erfahren, ehrliche Haut, einfach gestrickt. Schlanker Körper, normal aussehend. Brille. Seine Meinung: GV bekomme ich daheim, aber ab und zu muss ich gequält werden. Er gönnt sich dann eine Domina. Gute Einstellung. Andreaskreuz, einmal abgespritzt, 1,5 Stunden Session. Ballbusting (Eier treten), CBT (Eierfolter) und Brustwarzenbehandlung. Er erzählte viel, auch von der Konkurrenz. Er geht so vier bis sechs Mal im Jahr zu einer Domina. Das ist doch mal eine Ansage.

Roland – aus der Schweiz. Unscheinbar, braune kurze Haare, 57 Jahre alt. Ein sonderlicher Mensch. Mit viel Domina-Erfahrung. Redete kaum, hatte zwei Stunden gebucht. Seine Brustwarzen waren äußerst hart und merkwürdig, kaum ein Brustfoltergerät, sprich Brustklammer, hielt daran. Unangenehm. Er hatte eine Schulter-OP hinter sich und schon einmal eine große Herz-OP. Er gab mir ein Spray und Notfalltabletten falls er bewusstlos werden sollte. Mir wurde es ganz anders. Man konnte ihn mit nichts erregen. Ich war definitiv die falsche Domina für ihn. Die Chemie stimmte zwischen uns einfach nicht. Ich probierte immer wieder was aus. Schlagen gefiel ihm nicht. Dann versuchte ich ihn „abzumelken" (wenn man jemandem einen runterholt). Erfolglos. Dann sagte er, er wolle abbrechen und ist gegangen. War dies jetzt ein Tiefschlag für mich? Hatte ich versagt? Einfach keine Gedanken machen, nicht jeder kann mit jedem.

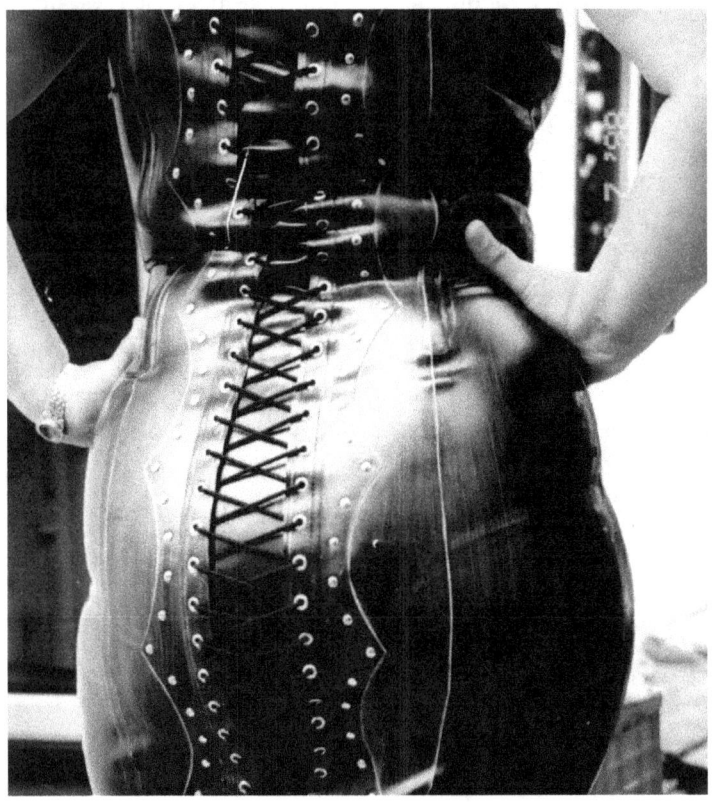

Marcel machte das Dutzend voll. Spontaner Anruf, spontane Lust, ein Österreicher. Schätze ihn auf Mitte oder Ende Dreißig. Bart, Brille, kurze braune Haare. Eher der unauffällige, stille Typ. Mein Programm für eine Stunde: Gummisack, Brustwarzen- und Eierbehandlung, Peitschen ohne Spuren, Kerzenwachs auf der Brust, Facesitting und NS ab Quell. Finale – ich habe ihm einen gewichst.

# Kapitel 16 – Newspaper

Lust und Triebe – so der Titel einer Rubrik in einem lokalen Stadtmagazin. Entdeckt hatte ich es unter Kleinanzeigen - per Zufall beim Durchblättern.

Es ist äußerst spannend, wie viele gepflegte, nette, charmante, gut gebaute oder noch besser: gut bestückte Exemplare jemanden suchen.

Für erotische Treffen, zur gemeinsamen Freizeitgestaltung, für den Urlaub, Kunst, Kultur, zum gemeinsamen Kochen ...

Mir drängt sich da beim Lesen sofort die Frage auf: Warum haben diese supertollen, gebildeten, charismatischen und noch dazu sehr gut aussehenden Menschen denn in sexueller Hinsicht ein Defizit?

Trauen sie es sich nicht ihrem Partner zu sagen, welche geheimen Wünsche in ihnen schlummern?

Oder ist ihr Leben doch nicht so toll wie es immer in den Texten klingt? Oder ist der Unterschied zwischen Wahrnehmung und Selbstwahrnehmung so groß?

Zwischen Lust und Neugierde, zwischen Schmunzeln und Entsetzen las ich die Rubrik genau durch. Hier ein paar schöne Beispiele:

Er sucht Paar, charmant, sportlich, 52 Jahre, gut gebaut, ausdauernd, gepflegt sucht aufgeschlossenes Paar für erotische Treffen. Telefon ...

Träume nicht dein Leben – lebe deinen Traum. Er, 37, 178,

gut bestückt, gepflegt, sucht solo oder verheiratete Raubkatzen die ihre Träume wahr haben wollen. Handy ...

Soweit, so gut. Aber es geht noch ein Stück härter:

Mann, 49, sucht Frau für Sex auf Parkplatz, Rastplatz, im Freien oder im Auto. Alter der Frau ist Nebensache. Ruf mich an – bin dauergeil ! Telefon ...

Mann sucht junge Frau ab 18 Jahren zum gemeinsamen Onanieren, Oralsex und GV, AV – alles kann, nichts muss ...

Attraktiver, knackiger ER, 49, sucht hübsche Studentin für sinnliche erotische Treffen ...

Attraktiver ER 31/182/83 sucht schlank SIE 18-45 Jahre für schöne Stunden zu zweit. Gerne auch vergeben ...

Sehr netter, tageslichttauglicher Er, verheiratet, 49 Jahre, sucht die gepflegte Französischliebhaberin ...

Senior, Anfang 60 sucht Sie oder Paar zu mehr als 0815 Sex für vieles was Spaß macht, gerne reif und mollig ...

Netter Hobbymasseur sucht Frau die sich gerne massieren lässt. Gute Gespräche und mehr ...

Hast du finanzielle Probleme? Bist du ein junger hübscher Mann zwischen 18-22 Jahren? Dann ruf mich an ...

Großer, schlanker Er (48,186,80) sucht eine aufgeschlossene Sie für den Besuch im Swingerclub.....

Nun zu den dominanten oder auch devoten Anzeigen- oder die mit Fetisch-Vorlieben:

Mann 49 sucht Frau für Natursekt, Kaviar, Sex …

Dominanter Mann, 41, sucht Frauen für bizarre Spiele und Erziehung. TG möglich. Herr sucht Sklavin zur Erziehung ...

Wer spielt mit? Paar 33 und 43 sucht andere Paare für Rollenspiele. Von zart bis hart. SM, Bondage …

Er 40/180/80 – Fuß-Po-Muschi-Fetisch, devoter Sklave sucht dominante Sie/Hobbydomina. Ich lecke ihre Stiefel etc. Ihre Füße, gerne dreckig oder stinkig, schweißig. Mit Mund, Lippen und Zunge lutschen, saugen und lecken, alles andere an ihr auch. Gerne dirty. Feminine TV, TS – jünger auch okay. Dauerbeziehung Herrin/Sklave gesucht. Auch öffentlich ...

Devoter Sklave sucht Domina. Gerne mollig und älter ...

Dominante, konsequente Lady gesucht! Erziehungsbedürftiger ER sucht SIE, der es Freude macht, ihn mit Rohrstock und Peitsche für Verfehlungen zu bestrafen. Gegenleistungen nach Absprache ...

Nylonstrumpffetischist sucht die passende Trägerin der Nylons. Bin gespannt was du mit mir anstellst wenn ich aufgebe. Möchte das mit dir ausleben. Bitte nur ernstgemeinte Zuschriften mit Telefonangabe. Ich garantiere 100 Prozent Diskretion. Dies ist von beiden Seiten Voraussetzung ...

Weiter werden Damen aus dem osteuropäischen Raum gesucht, mollige und reife Frauen, junge ungebundene Frauen ebenso wie verheiratete Frauen. Gerne suchen junge Männer auch unzufriedene oder unbefriedigte Frauen. Klar – leichte Beute und sie als tolle Hengste können sich so unter Beweis stellen.

Dienst von Männern als „Hobbymasseure" oder Männer die Frauen einfach nur verwöhnen wollen findet man sehr oft.

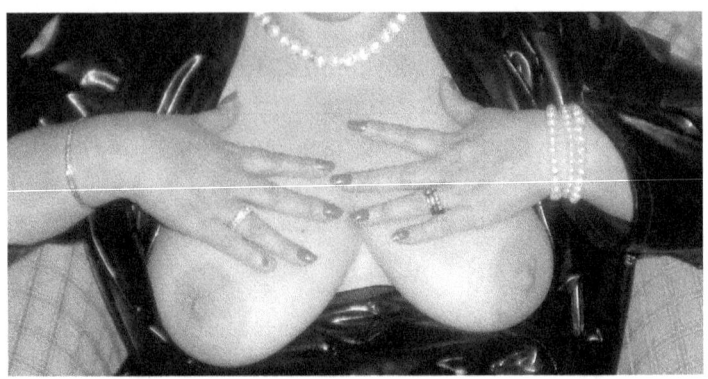

Verständlich – oft vermissen gerade Ehefrauen solche Aufmerksamkeiten zu Hause. Viele möchten auch nur den Kick des Fremden erleben, fremde nackte Haut spüren, das Kribbeln, den Reiz des Verbotenen auskosten. Fantasien oder Kopf Kino ausleben – es zumindest versuchen. Oder Paar sucht Paar. Auch Angebote beim Zusehen von Sex, filmen oder fotografieren findet man in den Anzeigen. Ältere Herren locken junge Mädchen (gerne auch hübsche Studentinnen – Hilfe welch ein Klischee!!!) mit Geld, Reisen.....Noch schlimmer: wenn diese alten Säcke Schülerinnen suchen. Grenzt an Pädophilie.

# Kapitel 17 – One more time

Das Ganze kann man nicht wirklich als Geschäft betreiben. Zu viele Absagen, Feiglinge, Selbstüberschätzer und Dummschwätzer. Und die, die gerne möchten, den Mund voll nehmen – und dann kneifen, den Schwanz einziehen. Es werden Termine ausgemacht – dann plötzlich, leider oft kurz davor, folgende Ausreden für eine Absage:

Ich habe Grippe, ich muss länger arbeiten, ein plötzlicher Geschäftstermin kam dazwischen, habe mein Flugzeug verpasst, PC-Probleme, musste überraschend für einen kranken Kollegen einspringen oder spontaner Besuch hat sich angekündigt.

Aber davon habe ich ja schon ausführlich berichtet. Und mich ausgiebig darüber geärgert. Ich bin ein sehr zuverlässiger Mensch und stehe zu meinen Terminen.

Aber es gibt auch sogenannte „Stammkunden". Da wäre Felix, der Friseur. 24 Jahre, er hat mir neulich die Haare gefärbt und geschnitten. Nackt. Dafür durfte er abspritzen. Leistung gegen Leistung. Fairer Deal. Und er hat mir gleich Pflegeprodukte dagelassen. Er kommt gerne zu mir.

Markus aus der Schweiz war inzwischen auch schon zweimal bei mir. Er hat Stil, schätzt meine Art.

Berührt hat mich das Treffen mit Vladimir. Er ist Russe, 22 Jahre alt, groß, schlank. Er schrieb: er wolle Sklave sein und sei schüchtern. Da fragte er mich, was ihn denn so erwarten würde. Er hatte schon Erfahrung mit NS, Facesitting, lecken und wollte gerne ans Andreaskreuz, sich fesseln und knebeln lassen, angespuckt werden oder Bondage.

Er kam, sah ganz normal aus, kurze braune Haare. Und hatte ein Mörderteil – sprich: hammergroßen und harten Schwanz. Vladimir war sehr betreten und meinte, er sei aufgeregt und könne daher leider nicht abspritzen. Es ginge ihm immer so. Und die Frauen wollten leider nichts von ihm wissen.

Einerseits weil er Russe sei und andererseits würde er der Damenwelt wohl nicht gefallen. Sehr schade, ich hatte richtig Mitleid mit ihm. Ein netter junger Mann, höflich, schüchtern, zurückhaltend. Kommt es uns Frauen nur auf Oberflächliches, auf Werte wie Geld etc. an? Von meiner Seite aus ein klares nein! Komischerweise, nein bezeichnenderweise haben die Russen die Geld haben immer die schönsten jungen Frauen. Wie mies. Er – vielmehr was er sagte – berührte mich. Vladimir hatte so etwas unendlich Trauriges in seinem Blick. Ich band ihm seine Eier ab, spuckte ihn an, schlug ihn, stellte ihn ans Andreaskreuz. Beim Verabschieden gab ich ihm noch folgenden Rat mit auf den Weg: er solle sich immer sagen was er gut kann, was für eine Figur er hat und nicht immer das Negative vorschieben. So ein junger Mann musste keinerlei Komplexe haben. Da muss man am Selbstwertgefühl arbeiten. Irgendwie tat er mir leid, Muttergefühle krochen in mir hoch, Gerechtigkeitsempfinden setzte bei mir ein. Leider kann ich nicht die ganze Welt retten oder für alle da sein.

# Kapitel 18 – Roleplaying

Karl – mein erstes „Rollenspiel". Sehr angenehme drei Stunden. Und ich war gut, richtig gut. Es hat mir Spaß gemacht die „Rollen" zu spielen, auszuleben. Ob als aufgeregte Hausfrau die den Elektromonteur beim Klauen von Höschen erwischt, als strenge Lehrerin die den Schüler übers Knie legt, in die Ecke stellt und ihn Strafarbeiten schreiben lässt oder als Gefängniswärterin, die ihn hinter Gitter wegsperrt. Fantasie mag ich. Und das Einsauen – will heißen ihn mit Lebensmitteln wie Sahne, Pudding….auf den nackten Körper vollzuschmieren - war auch richtig toll. Eine einzige riesige Schweinerei.

Hier das Schreiben von Karl – sozusagen seine „Bewerbung":

Guten Abend Herrin,

mein Name ist Karl, ich bin devot/maso und lebe meine Neigungen reell aus. Ich bin von mittlerer Statur, schwarzhaarig und altersmäßig in den Sechzigern. In einem Portal bin ich auf Sie aufmerksam geworden und Ihre Seiten haben mich gleich angesprochen, auch weil ich unweit von Ihnen lebe.

Ich liebe strenge Erziehungsspiele, Fesselungen und Verschnürungen, Versautes wie Spuck und Speichelspiele, Lebensmittelspiele, Zwangsernährung, aber auch die von Ihnen so treffend beschriebene Einsau-Nummer mit Lebensmitteln. Aber dazu dann später mehr.

Wenn ich Ihnen nicht zu alt bin und Sie auch Interesse an einem Treffen hätten, möchte ich Sie höflichst bitten mir zu antworten. Ich hoffe auf eine positive Antwort und grüße Sie freundlich Sklave Karl

Das gefiel mir sehr gut. Er beschrieb sich, wusste was er wollte und stellte sich mir vor. Gentleman. Gut so. Ich antwortete ihm, dann schrieb er erneut:

Guten Tag Herrin,

erst ein herzliches Dankeschön für die schnelle Antwort auf meine Anfrage.

Am Montag, 15.12. nachmittags würde es mir sehr gut passen (Zeit egal). Ich würde dabei gerne 500.- ausgeben, dann können wir uns Zeit nehmen und die Session ohne Stress angehen. Wie lange Sie dafür mit mir spielen wollen bestimmen natürlich Sie, meine Herrin.

Wenn das für Sie o.k. ist, teilen Sie mir bitte noch die genaue Uhrzeit mit.

Ja, Herrin, Sklave zu sein ist meine Passion. Ich mag es, wenn die Herrin mit mir spielt, mich nach Lust und Laune schikaniert, erniedrigt und sich köstlich mit ihrem Opfer amüsiert.

Wenn der Termin einmal feststeht, werde ich Ihnen dann noch ausführlich meine Neigungen, Vorlieben und Tabus schreiben - das ist beim ersten Treffen schon sehr wichtig. Jetzt wünsche ich Ihnen noch einen schönen Tag

Gruß Sklave Karl

Wir vereinbarten einen Termin. Danach teilte er mir in aller Ausführlichkeit seine Neigungen, Vorlieben und Tabus mit:

Guten Tag Herrin,

letzte Woche bekam ich von Ihnen den Termin für unser Treffen am Montag, den 15.12. um 14.00 Uhr. Heute möchte ich Ihnen etwas mehr über mich, meine Neigungen, Vorlieben und Tabus berichten.

Nun, ich bin devot / maso veranlagt und ich bin Sklave mit Leib und Seele. Ich liebe das Spiel mit der Macht und der Ohnmacht, wobei ich natürlich stets der Sub bin. Diese Spiele können oder sollen für mich sehr unterschiedlich und facettenreich sein. Einmal fühle ich mich im Rollenspiel als Opfer einer sadistisch veranlagten Gefängniswärterin, das andere Mal lass ich mich von einer strengen Hausherrin erziehen oder ich versetze mich in die Situation eines Schülers, der die Launen der ungerechten Lehrerin ertragen muss und...und...und... Je nach momentaner Lust oder vor allem auch nach den Vorlieben und Neigungen meiner Mitspielerin richten oder orientieren sich meine Phantasien. Trotzdem, meine Vorlieben bleiben natürlich immer dieselben und die einen oder andern können dann in das aktuelle Spiel mit eingebaut werden.

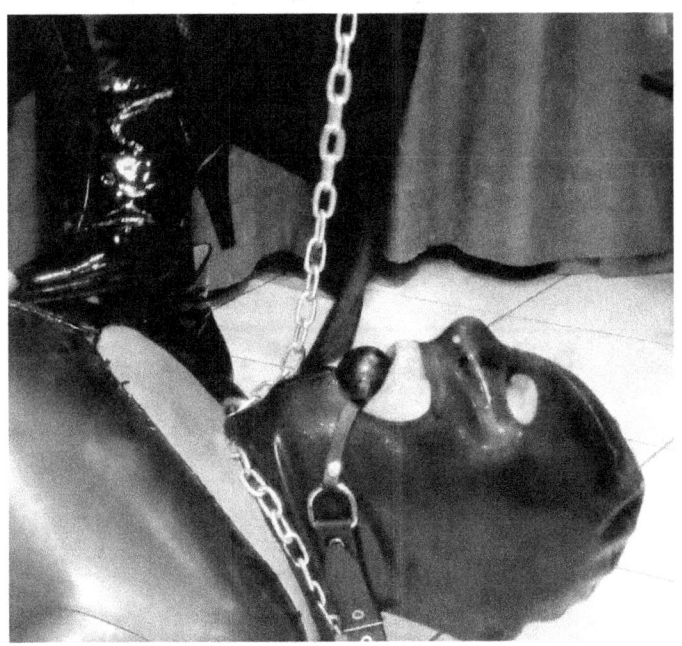

Meine Vorlieben:

Fesselungen und Fixierungen aller Art - mit Seilen, Riemen, Ketten oder auch mit Klebband - Folienverpackung, Mumifizierung, oder gerne auch Bondagesack (möchte ich unbedingt erleben - neu für mich) - hartes Abbinden von Schwanz und Eier - Knebel ( vielleicht mit verpisstem Höschen - reizende Idee!) - Einsperren in Kerker oder Käfig

- Physische und Psychische Demütigungen und Erniedrigungen: sich vor der Herrin nackt ausziehen und präsentieren, Schuhe und Füße küssen / sauberlecken, NS Spiele und Spitting ( anspucken, anpissen - auch mit Aufnahme ) FS, Vorführung vor andern Damen, von Kopf bis Fuß "einsauen" mit Pisse, Spucke oder auch Lebensmittel ( auch so eine reizvolle Idee und sehr erniedrigend dazu !!! ) und vieles mehr...
- Quälen: Brustwarzen, CBT, Wachs, Eis, Klammern, Gewichte, strenges Abbinden, etc. (schmerzhaft, aber nicht zu extrem, was natürlich relativ ist - ein genießerisches Wechselspiel zwischen Lust und Schmerz)

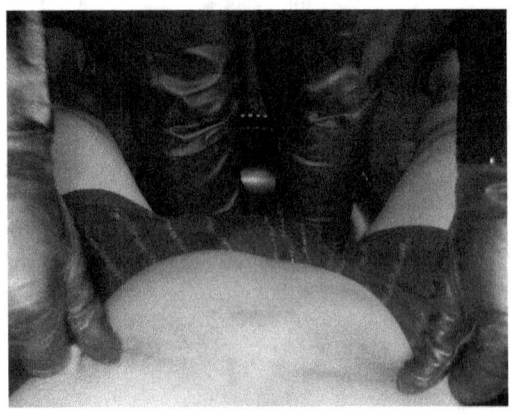

- Zwangsernährung / Sklavenfütterung - nur hygienisch einwandfreie und essbare Speisen, aber halt etwas unappetitlich dargeboten. Dazu nur einige Beispiele: zertretene Banane vom Boden auflecken, Speise von Schuhen oder Füßen lecken - Vorgekautes von der Herrin - NS unter Zwang eingetrichtert - Brei mit NS als Sauce - Brotkrümel in NS getränkt - aus dem Hundenapf trinken oder essen - der Herrin aus der Hand (fr)essen - unappetitliche Resten etc. - alles unter strengem Zwang und zur Belustigung der Herrin.
- Ich mag Handfestes: an Haaren und Ohren ziehen, Watscheln / Ohrfeigen, Fußtritte (auch nur so zum Spaß)
- Flagellant oder Rohrstockliebhaber bin ich nicht, trotzdem darf die Dame schon mal nach eigenem Gutdünken Peitsche, Gerte oder gerne auch ihre flache Hand benutzen.

Meine Tabus:

- Brutalitäten, Verletzungen
- Kaviar
- Analspiele
- Drogen, Alkohol und andere Stimmulierungs-Medikamente
- das Miteinbeziehen einer anderen männlichen Person
- und: ich möchte nicht abspritzen, ich genieße die Behandlung und ein Orgasmus erübrigt sich oder findet im Kopf statt.

Was Sie auch noch wissen sollten: ich bin mit über 60 nicht mehr so leicht erregbar, dies sollte uns aber nicht stören, ich kann die Session trotzdem genießen. Mir geht es dabei heute nicht mehr primär um die sexuelle Befriedigung, sondern vor allem um das Erlebnis, um das Spiel zwischen Macht und Ohnmacht. Ich möchte genießen, mich fallen lassen und dabei schöne, reizvolle Momente erleben. Ich hoffe, Sie können mich verstehen.

So, jetzt habe ich Ihnen ganz ehrlich meine Vorlieben offenbart. Dies sollte aber kein Wunschzettel sein. Bringen

Sie meine Vorlieben mit den Ihrigen auf einen Nenner und machen Sie wirklich nur, was Ihnen auch Spaß macht. Gerne aber dürfen Sie auch etwas anderes, was nicht zu meinen Vorlieben gehört, ins Spiel mit einbeziehen, insofern es meine Tabus nicht tangiert. Sie sind der dominante Part und Sie bestimmen das Spiel, dann denke ich, wird es für uns beide eine gelungene Session.

Spezifisch zu unserer Session: Zur Einleitung und auch um mich besser fallen lassen zu können möchte ich die Session mit folgendem kleinen Rollenspiel umrahmen.

Als Vorgeschichte: Karl ist Elektriker und muss bei der Herrin in der Waschküche die Maschine reparieren. Die Dame lässt ihn alleine, helfen kann sie ihm nicht. Als Karl einen Korb mit schmutziger Damenwäsche sieht wird er schwach, da kann er nicht widerstehen. Er durchsucht den Korb und fischt das eine oder andere Kleidungsstück heraus und riecht daran. Gierig schnuppert er an einem Unterhöschen und lässt es blitzschnell in seiner Hosentasche verschwinden. Danach geht er wieder seiner Arbeit nach. Dummerweise wollte die Herrin gerade nach unten nachschauen und kann durch den offenen Türspalt dieses Schweinchen bei seinem Tun beobachten. Sie lässt ihn machen und tut nach vollendeter Arbeit nicht desgleichen. Beim Verabschieden lobt sie ihn über alles, leider hätte sie jetzt keine Zeit, aber sie würde ihn dann gerne eines Nachmittags zum Kaffee und Kuchen einladen. Sie einigen sich dann auf Montag 14.00 Uhr und Karl freut sich, diese reizende Dame nochmals besuchen zu dürfen, wer weiß??

Die Herrin aber freut sich noch viel mehr, jetzt hat sie dieses Dummerchen in der Hand. Sie wird sich mit ihm auf ihre Art vergnügen und amüsieren - ja, sie wird ihn erziehen und dressieren bis er nach ihrer Pfeife tanzt. Zum kleinen willenlosen Sklavenwürmchen wird sie ihn machen, er wird vor ihr knien und Sie vergebens um Verzeihung bitten. Sie wird ihn schikanieren, erniedrigen und nach Lust und Laune mit ihm spielen. Um bei seinem Chef nicht verraten zu werden wird sich der Ärmste alles gefallen lassen müssen.

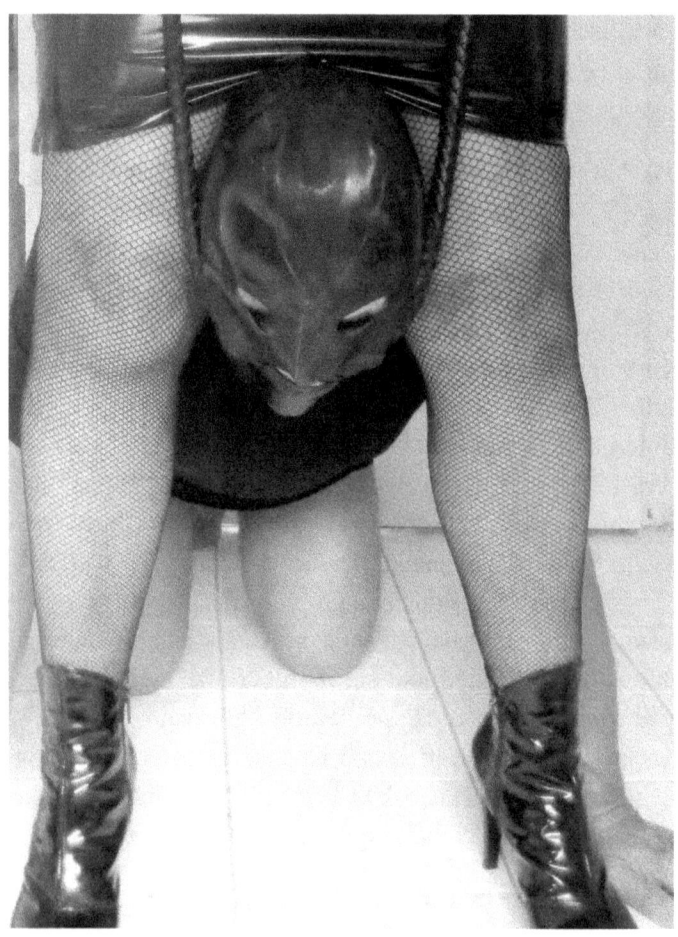

Nun Herrin, wie gefällt Ihnen meine Phantasie? Jetzt liegt der Ball bei Ihnen, sicher kommen auch bei Ihnen Phantasien und Ideen hoch was Sie mit solch einem Schweinchen alles anstellen könnten. Freuen Sie sich, Ihr Elektromonteur kommt Sie dann bestimmt am Montag, den 15.12. um 14.00 nichts ahnend besuchen ... Noch meine Telefonnummer für den Notfall: xxx sollte etwas dazwischenkommen, lassen Sie es bei mir läuten, ich rufe Sie dann sobald wie möglich zurück. Wenn ich am Montag in der Stadt bin, so um 13.00 Uhr melde ich mich telefonisch bei Ihnen, ist das o.k. für Sie? Leider aber geht es noch ein Weilchen, bis dahin wünsche ich Ihnen alles Gute. Ihr Sklave Karl

Was soll ich sagen? Es hat gepasst! Karl, Schweizer, um die 60 Jahre alt, schwarze Haare, schlanke Figur, Kavalier der alten Schule. Genau mein Ding. Und das Schönste vorweg: Er meinte, er habe die drei Stunden von der ersten Minute bis zur letzten Minute voll genossen. Und er hätte noch nie so eine dirty Lady gehabt, die ihn so eingesaut hat. Als er auf dem Weg nach Hause war, war schickte er mir noch folgende SMS: Nochmals ein herzliches Dankeschön für den schönen Nachmittag. Sklave Karl

Lustig – klingt irgendwie nach gemütlichem Beisammensein bei Kaffee und Kuchen. Nun ja – es war eben ein Treffen der anderen Art. Und es tat mir menschlich sehr gut. Ich hatte mir gegenüber einen Empathen, jemanden der hinter meine Domina-Fassade und in mich hineinzublicken schien. Das gefiel mir ausgesprochen gut, gefühlvolles Dominaspiel, vollkommenes Aufgehen in meiner Rolle. Kurz: ein perfektes Spiel. Und dazu hat es mir noch großen Spaß gemacht. Ich habe seine beschriebenen Programmpunkte mit Lust und Liebe durchgespielt. Besonders geil fand er das Verschnüren zur absoluten Bewegungslosigkeit im vollgepissten Gummi-Bondagesack. Wie ein kompaktes Paket aus Gummi. So konnte er sich in der durch die Körpertemperatur immer wärmer werdenden Pisse wunderbar im Gummisack suhlen und genießen …

Super geil und megaversaut fand er es auch, als ich ihn mit Pipi, Sahnetorte, Schokopudding, kalten Eis, heißen Kerzenwachs eingesaut und alles auf seinem Körper mit meinen Händen und Füssen verschmiert habe. Körperliche Art sozusagen. Er sah aus wie ein menschliches Gesamtkunstwerk. Body-Painting …

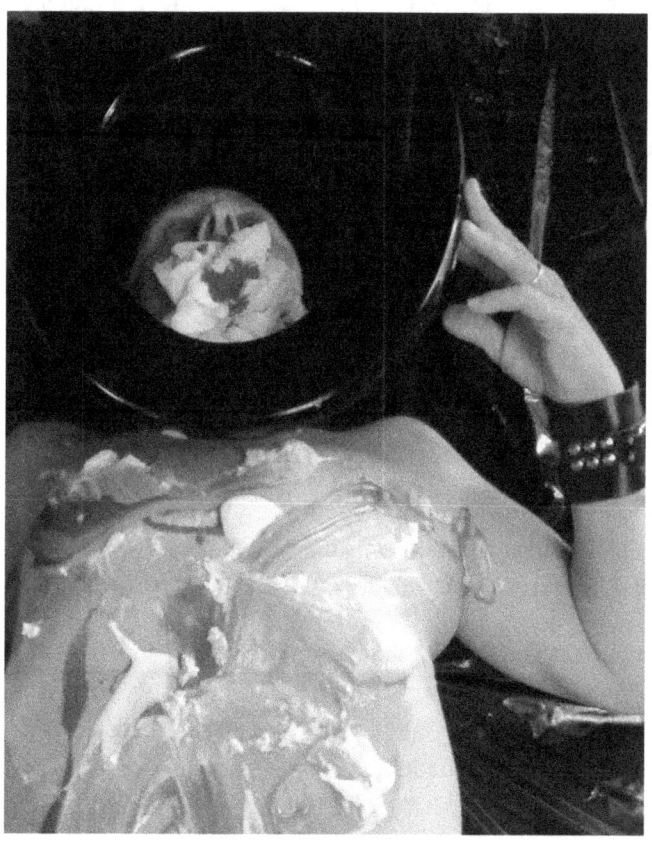

Es hat Karl sichtlich große Freude bereitet. Er sah aus wie ein großes Ferkel. Das „Einsauen" hat so ein bisschen was von Schlammschlacht, von Kindheitserinnerungen als man sich beim Spielen draußen schmutzig gemacht hat. Vielleicht hat die Mutter damals mit dem Kind geschimpft oder es gar übers Knie gelegt. Oder geschlagen? Das wäre doch eine tiefenpsychologische Erklärung, warum sich ein gestandener erwachsener Mann nach so etwas sehnt. Vielleicht reime ich es mir auch nur so zusammen, eine hobbypsychologische Erklärung. Man lässt das Alltags-Gefühl einfach hinter sich.

Aber Domina Sein und Psychologie liegen gar nicht so weit auseinander. Man muss schon psychologisch und vor allem oft auch verbal auf die Kunden einwirken. Vorstellungen, Worte und Blicke sind hierbei von großer Bedeutung. Und die verschiedenen Charaktere, unterschiedliche Typen.

Das Rollenspiel liegt mir – ob als verzweifelte Hausfrau oder strenge Hausherrin, als Lehrerin oder verruchtes Luder. Man muss den Männern Illusionen verkaufen.

Sie wollen etwas erleben, raus aus dem Alltag, hinein in „ihre" Wunschwelt. Und diese gilt es herzustellen und ganz wichtig dabei: Wohlfühlgefühl. Auch eine gewisse Ernsthaftigkeit ist bei diesem Spiel wichtig. Und das Hineinversetzen und Annehmen des Spiels!

Gerade im Fetisch-Bereich leben viele Sklaven Rollen aus. Ob beim „petplay" als Hund, Schwein, Pony oder Katze, beim „ageplay" als Baby, beim Lehrer-Schüler oder Tante-Nichte-Spiel, der Domina als Gefängniswärterin – der Fantasie und Kreativität sind dabei keine Grenzen gesetzt. Handwerker und Polizisten sind auch beliebt. Rollen – und Figuren und Situationen in einem Art Theaterspiel ausleben. Tut keinem weh.

# Kapitel 19 – Competition

Ich dachte, es gäbe hier keine Konkurrenz für mich. Nein, ich war mir eigentlich sicher. So meine Recherchen – das „house oft the rising sun" wie mein Göttergatte Jörg meine Sklaven-Herberge liebevoll getauft hat, ist speziell. Einzigartig. Wie die Herrin eben auch. Ein ganzes Haus eben.

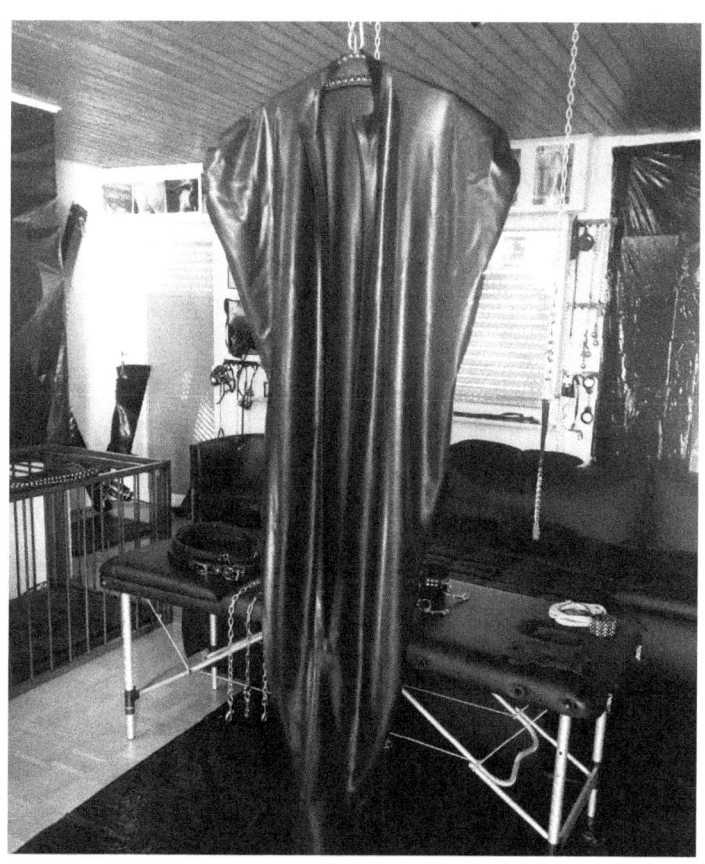

Vielleicht nicht mit so viel technischem Schnickschnack wie Aufhänge Vorrichtungen um den Sklaven kopfüber am Flaschenzug aufzuhängen oder gar eine Streckbank. Oder auch beliebt: eine Melkmaschine, die Venus 2000. Klingt vom Namen her eigentlich sympathisch. Es gibt in den renommierten großen Studios die tollsten Sachen. Neben dem weißen Bereich, der sich um die Vorlieben der Gäste die sich im Klinik-Bereich wohlfühlen (Gynäkologischer Stuhl, Klistier.....) kümmert, gibt es ein weiteres interessantes Feld. Ageplay – Gäste die sich übergroße Windeln anlegen lassen und sich dann in einen überdimensionalen Laufstall sperren lassen um sich wie ein Baby zu fühlen. Zurück zur frühesten Kindheit. Hilflos, man muss umsorgt werden.

Oder petplay – der Sklave möchte gerne ein Tier sein. Beliebt: Hund und Pony. Eine weitere große Leidenschaft von vielen Sklaven ist die sogenannte TV-Erziehung oder auch Feminisierung. Sich fühlen und kleiden sich wie eine Frau. Mit Nylons, Corsagen, Perücken und Lippenstift. Das erinnert mich immer daran, wenn man als kleines Mädchen seine Puppe „verschönert" hat oder in der Pubertät sich heimlich im Bad eingesperrt hat und den ersten Lippenstift benutzt hat.

Der größte Bereich ist aber der schwarze Bereich – klassisch. Dazu gehören auch Nadelungen, der Umgang mit diversen Reizstromgeräten, einem Bock (sieht aus wie im klassischen Sportunterricht). Gerne setzen Dominas auch Dildos, Vibratoren oder Umschnall-Dildos – den sogenannten Strapon - ein. Für mich ein Tabu – Anal, Drogen, Tiere und Kinder. Analgeschichten und Strom werden allerdings oft angefragt. Von Klinik bis Käfig und Kerker, von Rohrstock bis geruchsintensive vollgepinkelte Höschen als Knebel – erlaubt ist was gefällt und was die jeweilige Domina bereit ist zu geben und was der Sklave sich wünscht. Neben Peitschen, Schlagwerkzeugen, Knebel sind auch Masken und Seile ein großes Thema. Viele Sklaven mögen eine Maske tragen. Seile – für Bondage sind auch bei Sklaven erwünscht. Oder Schnüre um Hoden und Penis streng abzubinden. Lustgewinn aus Qual.

Aber ich schweife schon wieder ab. Also – zu meiner Konkurrenz in der beinahe Domina-freien Zone. Es gibt genau drei Dominas – die vierte bin ich. Neu dazu gestoßen sozusagen.

In ein Revier eingedrungen, wildern im vertrauten und gut aufgeilten Terrain.

Patrizia, die tagsüber als brave Angestellte bei einer örtlichen Bank als Assistentin der Geschäftsleitung arbeitet, mutiert nach Feierband zur Domina. Sie macht Hausbesuche oder trifft ihre Kunden im Hotel. Dafür braucht sie nur einen kleinen Koffer mit ihrer Kleidung, Dildos, Peitschen, Klammern und sonstigen Accessoires. Ich finde es gefährlich, sie hat noch nie eine schlechte Erfahrung damit gemacht. Sie hat eine große Klientel unter den Golfern. Solvente Kundschaft. Patrizia ist auch sehr hübsch, blondes langes Haar, schöne Figur, Mitte 30.

Eine Art Marktlücke – Domina to go. Ob Patrizia wirklich zur Domina geboren ist, sie den Job als Berufung sieht und ihn mit Leidenschaft ausübt oder sie nur das schnell und einfach verdiente Geld ihrer Stammkunden sieht – ich kann es nicht beurteilen.

Sofie, die Lady die Taxi fährt und ab und an für wenig Geld gerne mein Haus angemietet hätte. Leider differierten da unsere Preisvorstellungen. Ich dachte so an etwa 150 Euro pro Tag, sie hatte Vorstellungen von 50 Euro für das Haus. Am Tag. Wir kamen daher nicht zusammen. Sofie möchte den Job als Domina nicht ganz aufgeben, da sie gerne ab und an ihre sadistische Ader ausleben möchte. Und als kleines Zubrot ist der Job ja auch nicht so ganz verkehrt.

Da wäre dann noch die Markführerin der Region, Vanessa.

Sehr viele Aufrufe in den Portalen. Leider finde ich ihren Internet-Auftritt eher langweilig, nichtssagend. Man erkennt kein Gesicht, ihre Kleidung reißt mich jetzt auch nicht gerade vom Hocker. Die Studio-Einrichtung sieht gut aus.

Und sie hat ein großes Angebot:

Fessel- und Spielbett, Andreaskreuz, Streckbank, Seilzug, Stehpranger, Bock, Käfig, Wand-Verließ, Thron, Gyn-Stuhl.

Okay – da kann ich nur mit Fixierungsliege, Andreaskreuz und Thron dagegen halten. Punkt für Vanessa.

Auch ihre Vorlieben-Liste liest sich recht vielseitig: Bondage, CBT, Keuschhaltung, Spanking (schlagen), Facesitting, Trampling, NS, Wachs, Analdehnung, Rollenspiele und Hypnose. Der zweite Punkt geht auch an Vanessa. Für Trampling bin ich definitiv zu dick und alles mit anal lehne ich ab.

Ein paar meiner Kunden haben schon von ihr gesprochen.

Aber eine Domina aus Leidenschaft? Eine Herrin, Madame, Mistress, eine Lady die zur Domina geboren ist, ist sie dies?

Okay – Herrin des Hauses, was so viel wie die Übersetzung des Wortes Domina aus dem lateinischen bedeutet, ist sie in jedem Fall. Hausherrin.

Nun – da hilft alles rätseln nichts. Jörg musste herhalten und als Sklave einen Termin bei Lady Vanessa wahrnehmen. Sozusagen der Praxistest. Anfangs nörgelte er ein wenig. Rein optisch was man so erkennen konnte war sie nicht sein

Beute Schema. Er liebt die klassische Domina im Lack- oder Lederanzug oder die berührbaren Damen mit großen Brüsten zum Anfassen.

Jörg buchte zwei Stunden. Abends. Dann verlegt er auf den späten Nachmittag. Vanessa kann man nur via SMS oder Mail kontaktieren. Keine Anrufe.

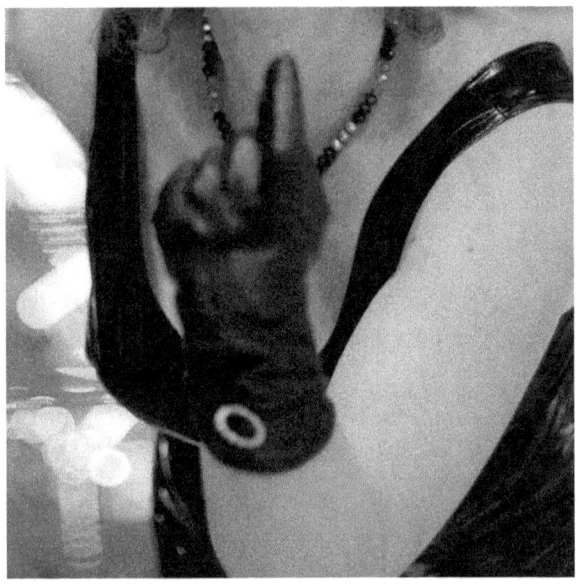

Vanessa empfing meinen Mann freundlich und schon angezogen – kurzer roter Lederminirock, lange Stiefel, Corsage. Das gefiel ihm. Sie ist knapp 30 Jahre alt, könnte auch ein paar Jahre jünger sein. Schwer zu sagen. Sie hat kein hübsches Gesicht, wirkte auch mit ihren halblangen brünetten Haaren eher unscheinbar, unauffällig. Eine Erscheinung die man nicht unbedingt wahrnimmt. Im Internet ist sie blond. Dann ist Vanessa sehr klein, Jörg schätze sie trotz hoher Absätze etwa nur 160 cm groß. Okay, es kommt ja nicht auf die Größe an ... Von der Statur her ist sie eher zierlich, schlank, kleiner Po, wenig Busen. Nicht wirklich dass, was sich Jörg unter einer Domina vorstellte. Jedenfalls was die Optik betraf. Aber dann machte sie den Mund auf – und Jörg erschrak. Sie sprach mit polnischem Dialekt. Schwer wenn man auf Verbalerotik steht – darin wart sie auch nicht wirklich eine Meisterin ihres Fachs. Technisch konnte sie mit Raffinessen wie Flaschenzug, Bock und dem Wand-Verließ punkten. Beim Schlagen mit der Gerte musste Jörg sie darauf hinweisen, ihn doch nicht andauernd auf die Nieren zu schlagen. NS gefiel meinem Mann und auch nach Anweisung zupfte sie seine Brustwarzen richtig. Als es dann zum Finale kommen sollte – in der Dusche auf dem kalten gefliesten Boden - versuchte sie ihm einen runterzuholen. Dann versuchte er es selber.

Und es passierte dies, was meinem Mann noch nie bei dem Besuch einer Domina passierte war: er konnte nicht abspritzen. Überreizt? Eher weniger, die Atmosphäre in der nüchternen Dusche törnte ihn eher ab. Davor rieb sie seinen Schwanz mit etwas ein – einem Gel. Was soll das? Ein weiteres no go – sie bot Jörg Poppers an. Alles in allem war Jörg von dem Besuch bei Vanessa wenig begeistert. Seine Worte: die hat es nicht drauf. Keine Konkurrenz für dich!

Und dann hat mein Mann ganz geknickt gesagt: jetzt hat sie ihn kaputt gemacht. Er meinte seinen Schwanz – ich habe ihn dann aufgebaut – mental und auch körperlich. Und was soll ich sagen – er funktioniert wieder. Das Schöne am Erlebnis von Jörg dass er mich anbetet und meint ich sei einfach spitze.

Fazit – ich bin ohne Konkurrenz.

# Kapitel 20 – See you next time

Wiederholungstäter. Stammkunde. Ein Gast der zufrieden ist und wiederkommt. Ein gutes Gefühl. Was will Domina mehr. Schließlich braucht Frau Bestätigung. Und eine positive Resonanz ist immer gut fürs Geschäft. Es freut mich einfach, wenn meine Sklavenschweinchen mir treu sind.

Markus aus der Schweiz kam schon zwei Mal. Und heute zum dritten Mal. Das freute mich, stärkte mein Selbstwertgefühl ungemein. Er weiß was er von mir kriegt – und es geht zackig. Ich bin einer seiner Geschäftstermine beim täglichen Business. Zack und weiter, nächster Programmpunkt. Damit kann ich sehr gut umgehen, es funktioniert. Er hat übrigens bereits nach einem weiteren Termin angefragt. Dies macht er immer in Form einer höflichen meist sachlichen aber lieben SMS. Diese endet dann: Mit freundlichen Grüßen. Geschäftsmann durch und durch. Die Schweizer scheinen echt Geld zu haben. So für knapp 30 Minuten 200 Euro kassieren – kein schlechter Stundenlohn für mich. Gute Arbeit hat eben seinen Preis.

Und dann wäre da noch Felix. Der Friseur. 24 Jahre jung. Ich habe euch bereits von ihm erzählt. Er hat mit nackt meine Haare gemacht. Und möchte immer wieder kommen. Gerne auch umsonst. Neulich titulierte er mich per SMS mit „Hey Schätzchen". Was denkt er eigentlich wie alt ich bin? Immer wieder hat Felix neue Ideen und Fantasien die er mit mir ausleben möchte. Doch dann in der Realität sieht das ganz anders aus. Er bringt auch eine gut bestückte Tasche mit – inklusive unterschiedlichen Dildos, Atemmaske und diversen Sexspielzeugen. Was er allerdings damit tun sollte, wusste er auch nicht so genau. Auf alle Fälle – pardon – für alle Fälle war er jedenfalls bestens vorbereitet und auch dementsprechend ausgestattet.

Aber Felix fehlte es meistens am nötigen Kleingeld für eine Session bei mir. Daher hat er mich schon sehr oft angeschrieben und Ideen geliefert um günstig an meine Dienste zu kommen.

Ach übrigens – bald ist mein Sex-Experiment fürs Erste vorbei. Drei Monate sind bald um, meine Anzeigen in den Portalen laufen dann aus.

In knapp 3 Monaten – mit Weihnachtszeit – konnte ich 18 verschiedene Sklaven mein eigen nennen, hatte genau an 17 Tagen Arbeit und 5200 Euro verdient. So die Zwischenbilanz.

Ob, wie und wo ich danach weitermache – ich weiß es noch nicht. Die Arbeit als Domina hat einen gewissen Kick, manche Kunden und Gäste mag ich sehr gerne, bei anderen war ich froh, als die Zeit um war.

Ich hab schon so ein Stück natürliche Dominanz in mir, lebe diese auch gerne aus. Oft passt es gut, die Gäste mögen diese spürbare Leidenschaft.

An meinem letzten „Arbeitstag" im alten Jahr hatte ich noch zwei Gäste. Beide hießen Thomas. Und beide waren optisch und charakterlich so unterschiedlich, mehr ging nicht.

Thomas Nummer ein. Erster SMS-Kontakt bereits drei Wochen vor dem Treffen. Er schrieb viel, war geil auf mich, wollte NS und Kaviar. Mochte Verbalerotik, freute sich wenn ich ihn Sklavenschwein oder Ferkel nannte.

Er kam für 1,5 Stunden. War groß, schlank, trug eine Brille und hatte lange, graue Haare die er sich zum Pferdeschwanz band.

Mit seinen 55 Jahren hatte er bereits einige Erfahrung im dominanten Bereich. Er jobbte glaube ich als LKW-Fahrer. Er kam aus Augsburg.

Klassische Abfolge: viel NS ab Quell, Schläge, Andreaskreuz, Nippelfolter, Stiefel lecken, Gummisack- und da er wegen KV so eine große Klappe hatte, hab ich ihm Kaviar vorbereitet.

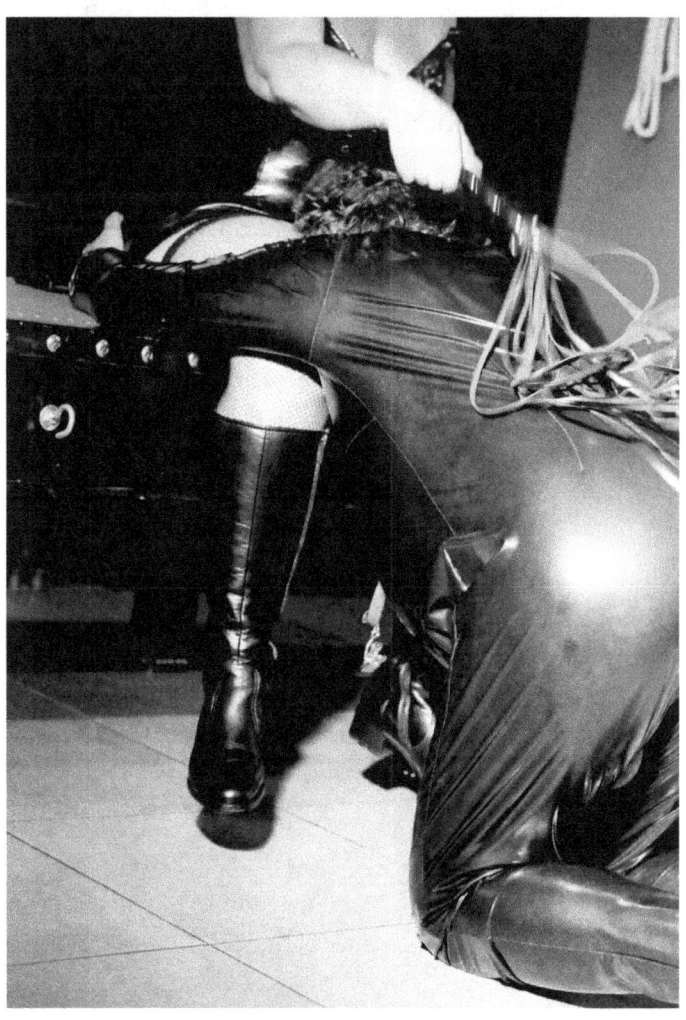

Er legte sich im Badezimmer auf den Boden und ich nahm ein Stück Toilettenpapier und verrieb es auf seinem Körper. Dann musste er duschen und es reichte ihm von KV. Sag ich doch: die Jungs nehmen den Mund immer gerne sehr voll. Da ist Schokopudding schon was anderes auf dem Körper und zum Ablecken besser und genussvoller geeignet. Dann wichste er sich seinen Schwanz und wollte sein Sperma schlucken. Es war richtig Arbeit. Wir probierten es beide abwechselnd.

Es glückte ihm schließlich. Doch mit Sperma schlucken war nichts – er spritze sich auf seine Schamhaare. Es war anstrengend. Er schaute mich dabei an und sagte:

Herrin, Sie sind wunderschön. Das gefiel mir gut. Nein, sehr gut sogar. Ich mag Komplimente. Beim Verabschieden meinte er nur: Bis zum nächsten Mal.

Na das ist doch mal eine Ansage.

Mit denselben Worten – bis zum nächsten Mal - verabschiedete sich Thomas Nummer zwei an diesem Abend von mir. Spontan entscheid sich Thomas aus Singen für ein Date mit mir. Thomas unternahm drei Versuche um ein Treffen mit mir zu bekommen. Vor etwa sechs Wochen unternahm er per SMS den ersten Versuch:

Hallo Herrin,

ich würde gerne wissen was eine Stunde mit Ihnen kostet und wo sich das Studio genauer befindet?

Gruß Thomas

Kurz und bündig. Meine Antwort darauf auch. Dann folgte ein kurzes Telefongespräch. Er rief mich an, er war geil, wollte einen Termin. Sofort. Ich konnte nicht und er fragte mich ob ich ihm eine Domina in der Region empfehlen konnte. Ich verneinte. Und zwar aus Überzeugung musste ich doch spontan an die Taxifahrerin Sofie denken. Und an Vanessa. Insgeheim ärgerte ich mich und musste ihm schreiben. So bin ich.

Meine SMS:

Ich hab mir Gedanken gemacht wen ich dir hier empfehlen könnte. Sorry, aber mir fiel keine mit Niveau ein. Ich lebe das dominant sein und mache es aus und mit Leidenschaft.

Versaute Grüße von der Herrin

Ich hatte ihn neugierig gemacht. Er meinte, vielleicht entdecke er noch neue Dinge bei mir. Da hatte er Recht!

Dann hatten wir beide es endlich geschafft ein Treffen auszumachen, doch dann verpasst er seinen Flieger. Er ist wohl geschäftlich viel unterwegs. Wir schrieben uns – er musste nach Taiwan. Ich warnte ihn vor den Stürmen, er flachste rum und meinte, ihn bekäme nur eine Domina klein. Daraufhin schickte ich ihm als „Betthupferl" ein „Arbeitsfoto" von mir. Das überzeugte. Er sah es sich wieder an Weihnachten an und wurde geil. Am Tag nach Weihnachten hat es dann endlich geklappt.

Zu seinem Äußeren: etwa 30 bis 40 Jahre alt, schwer zu schätzen, normal groß (ungefähr 180 cm), normale Figur, Brusthaare, kurze braune Haare und sehr schöne dunkelbraune Augen. Und schöne Zähne. Die sah man wenn er lächelte. Ohrringe. Und man durfte beim Schlagen Spuren sehen. Ist selten. Die Stunde mit ihm ging um wie im Flug. Es passte. Thomas vertrug viele harte Schläge, musste ans Andreaskreuz mit Knebel und verbundenen Augen, bekam heißes Wachs auf seine Brust. Er stand auf meine langen Lederstiefel, die er inbrünstig leckte.

Und er war kitzelig. Ich ließ ihn meine Brüste lecken, sie mit den Fingern bearbeiten. Das gefiel. Ihm und mir.

Dann steckte ich seinen Schwanz zwischen meine Stiefel und wichste ihn schließlich mit meinen Lederhandschuhen. Ich fragte ihn ob es ihm gefallen hat und er bejahte freudig. Dann erklärte ich ihm noch, ich sei anders als die anderen. Dem stimmte er zu. Positiv.

Thomas würde ich gerne nochmals als meinen Gast begrüßen. Er hatte sowas leichtes, war gut zu handeln. Und auch optisch durchaus ansehnlich.

# Kapitel 21 – Trio

Es war Januar, genauer der erste Januar. Und ich hatte mich entscheiden, das Experiment Domina noch weiter zu führen. Wie lange wusste ich noch nicht.

Ein neuer Sklave kam aus Österreich – anscheinend sind dort im Vorarlberg Dominas gesetzlich verboten. Also müssen die Österreicher sich in Deutschland umsehen. Und laut Sklaven-Aussagen sind Dominas in der Schweiz qualitativ eher schlecht, dafür teuer.

Peter. Ich schätze den Österreicher so auf Anfang 50. Er rief an, spontan. Am ersten Januar, ich war gerade im Auto auf der Fahrt in unser Dominareich. Er wollte dass ich meine normale Kleidung anließ damit er was zu riechen hatte. Und nicht duschen. Als er kam und ich ihm an der Türe das Hundehalsband anlegen wollte und befahl: Auf die Knie! Kam seine Antwort: Ich bin nicht devot und ich krieche nicht vor dir! Da musste ich schlucken, denn es stand ein etwa 185 bis 190 Zentimeter großer kräftiger Mann mit Brille und langen Haaren vor mir. Schon ein wenig angsteinflößend.

Okay, Jörg mein Göttergatte war immer mit im Haus wenn ich einen Kunden empfing. Aber es beschlich mich schon ein komisches Gefühl. Und er roch extrem stark und äußerst unangenehm nach Knoblauch. Gerne wollte er mich küssen, ich lehnte dankend ab. Er wollte nur Hoden und Penisfolter, dort getreten, gequetscht und behandelt werden.

Er vertrug viel, aber keine Schläge. Ich stecke ihn in den Gummisacke und bis er endlich gewichst hatte verging eine Ewigkeit. Ich biss ihm in die Eier. Eklig, er war nicht rasiert.

Was mach ich hier eigentlich? Bei Peter wünschte ich mir dass die Zeit vorbeiging, es machte mir keinen Spaß mit ihm, ich fühlte mich nicht wohl. Dann fragte er mich, ob mein „Freund" auch auf Dominas stehe und was er so mag, schaute sich ausführlich meine Kalender an und ich dachte, ich werde ihn überhaupt nicht mehr los.

Das sind so Momente, die keiner braucht. Irgendwie wurde mir da mein Doppelleben bewusst und ich dachte nur, hätte ich es nur bei den drei Monaten im letzten Jahr belassen. Peter, definitiv ein Kunde den man sich nicht merken muss.

Einen anderen Mann dafür umso eher. Mein nächster Gast. Einer meiner Stunden, die ich nicht missen möchte, die mir im Gedächtnis und im Herzen geblieben sind.

Gerd kam quasi aus der Nachbarschaft, etwa dreißig Autominuten entfernt von meinem Haus. Und er kam nicht allein, er kam mit seiner Frau. Ich kann es nur nochmals wiederholen : Ein Paar und eine Stunde die zur „Sternstunde" meiner Tätigkeit als Domina gehört, eine Stunde, die ich nicht vergessen werde und genau das ausmacht, was ich mag: Menschen!

Aber von Anfang an. Mein Handy klingelte, eine Frauenstimme meldete sich. Kristina. Sie sprach Deutsch mit Akzent, sie stammt aus Litauen. Das Telefonat:

Hallo, hier spricht Kristina. Ich möchte dir meinen Mann vorbeischicken! Wann hast du Zeit?

Spontan passte es am selben Mittag. Sie schrieb die Adresse auf, ich ermutigte sie sie solle doch mitkommen. Dann wie ausgemacht der Bestätigungs-Anruf. Ja, sie wolle auch mitkommen. Ich freute mich, ja wirklich – eine Ehefrau die zusammen mit ihrem Mann eine Domina besucht weil sie nicht immer Lust auf seine Spielchen hat aber ihrem Mann gerne was gönnt. Tolle Sache. Was will Man(n) mehr!

Es klingelte, Kristina stand vor mir an der Haustüre. Eine

groß gewachsene Frau, lange blonde Haare, freundliches offenes Gesicht, glänzende Leggings an, Pulli, Kette. Sie hat eine ähnliche Figur wie ich, breites Becken, kräftige Oberschenkel, Hintern. Was zum Anfassen. Schätze sie auf Anfang 40. Hinter ihr dann Gerd, in Winterjacke, Lederhose, bepackt mit drei Tüten. Sie brachten ihr Spielzeug mit.

Kristina erklärte mir beim zweiten Telefonat, dass Gerd es klassisch möge, Schläge zur Bestrafung. Und Brustwarzenfolter. Und sie hätten eine ganz gut sortierte Sammlung von Klammern und anderen Dingen zum Quälen. Dafür brachte sie ihr Schatzkästlein mit. Eine Holzkiste mit der Aufschrift „Schmerzhaftes".

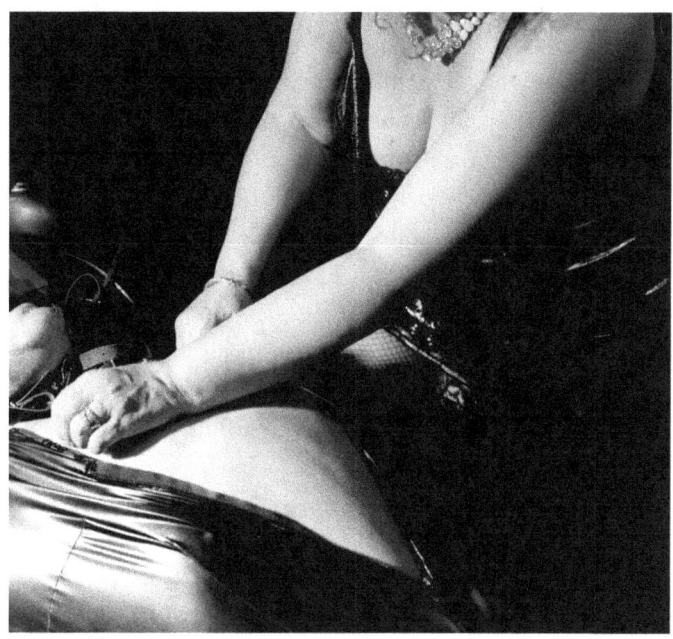

Gerd, etwa Ende 40, graue kurze Haare, gut aussehend, schlank. Auffallend: sein großer Penis an dessen Ende durch die Vorhaut ein Vorhängeschloss gesteckt war. Den Schlüssel dazu hatte seine Ehefrau: Kristina. Sie hatte ihn offensichtlich gut im Griff. Und er himmelte seine Herrin an, vergötterte sie. Das gefiel mir sehr gut. Devot, hörig und nach etwa zwölf Jahren Ehe immer noch sehr verliebt. Das Paar hat drei Kinder von 5 – 10 Jahren. Gerd ist öfters geschäftlich unterwegs, Kristina arbeitet als Krankenschwester. Eigentlich ein völlig normales Ehepaar.

Und da Kristina im Alltag mit Kindern, Haushalt und Beruf nicht immer Lust auf Domina Spielchen hat, kamen sie zu mir. Wir legten Gerd eine Maske an, rot, nur der Mund war frei. Darüber wurde eine Maske mit integriertem Mundknebel angebracht. Geschickt legte Kristina mit geübten Griffen mit Hand an. Dann fixieren wir Gerd vor uns und schlugen zu. Im Wechsel. Dann beide zusammen. Ein Domian-Dreier sozusagen. Vom Paddel, Wäscheklopfer bis hin zur Gerte kam alles zum Einsatz. Die Schläge gingen von sanft bis sehr hart. Er wand sich. Dann machten wir ihn los, nahmen die eine Maske ab und er musste ans Andreaskreuz. Immer wieder öffnete sie ihre Holzschachtel und entnahm ihr verschiedene Nippel-Folteraufhängungen. Ich schätze sie besaßen etwa zehn bis fünfzehn verschiedene Foltergeräte. Deutlich mehr als ich. Von professionellen Klammern bis hin zu Tischdeckenbeschwerungen vom Baumarkt. Gut, nein bestens ausgestattet. Und sie war sehr geübt darin. Als wir ihn auf der Fixierungsliege verschnürten, ließen wir ihn dort zehn Minuten schmoren und gingen in die Küche, tranken Kaffee, redeten.

Wir unterhielten uns über Kinder und dass es nicht immer leicht ist den Partner bei Laune zu halten, ihm seine sexuellen Wunsche zu erfüllen. Aber sie liebe ihn und gehe daher gerne darauf ein. Genau so muss eine Ehe oder Partnerschaft sein. So funktioniert es. Das Zauberwort hierbei: Kommunikation. Und sie weiß genau was sie will, setzt der Domina – in diesem Falle mir – auch Grenzen was man mit ihrem Mann machen darf und was nicht. Abspritzen nein, nach dem Motto: Appetit darf man sich holen, gegessen wir zu Hause.

Was soll ich sagen? Es war mir beinahe peinlich, für diese Stunde auch noch Geld zu nehmen, ein bezahlter Kaffeeklatsch, Erfahrungsaustausch, schöne Gespräche. Gerd hab ich einfach sagen müssen, was er für eine wirklich tolle Frau hat. Und Kristina bewundere ich, dass sie so direkt ist und mit der Leidenschaft ihres Mannes so natürlich umgeht. Diesem Paar gebührt mein größter Respekt! Sie sprechen über Wünsche, sind ehrlich zueinander. Sie vereinen alles, was eine gute Beziehung ausmacht: Offenheit, Kommunikation, Ehrlichkeit, Direktheit und respektvolles Miteinander.

Kurz: die beiden lieben sich. Das spürte man. Wie in einem schönen Roman. Was fürs Herz. Und ich werde mich immer wieder gerne an die beiden erinnern.

## Kapitel 22 – Beginning

Darf ich Lukas um einen Termin heute bitten? So der Erst-Kontakt per SMS. Leider musste ich ihm absagen, keine Zeit. Dann: Schade, hätte heute dringend eine Lehrerin benötigt. Er war hartnäckig, wollte unbedingt vorbeikommen, gerne auch bei Gruppenerziehung dabei sein. Ging wirklich nicht, da ich am Arbeiten war. Etwa 200 Kilometer von meinem Domina Paradies entfernt. Aber es half alles nichts.

Dann wollte Lukas sich mir vorstellen. Ich gewährte ihm diese Bitte. Bei der Wahl seiner Worte und den vielen Rechtschreibfehlern musste ich einfach meine Bildung ausschalten. Also zu Lukas aus Österreich:

Bin Lukas, 30 Jahre. 186 Zentimeter, kurze Haare und blaue Augen. Bin schlank und an den richtigen Stellen glattrasiert. Bin auch intimgeschmückt. Bitte fragen Sie mich was Sie noch wissen möchten.

Ich wüsste nicht was. Hingegen fiel mir seine Satz Stellung auf…bin….Egal. ich bin ja hier nicht die Lehrerin. Weiter in seinen Ausführungen:

Ich glaube Sie verstehen mich und das gefällt mir. Freu mich schon von Ihnen Anweisungen zu bekommen. Habe meinen Horizont noch nicht erreicht – an dieser Stelle musste ich lachen – aber immerhin konnte er das Wort Horizont korrekt schreiben. Sorry, manchmal bin ich ein altes Lästermaul.

Danke dass Sie sich Zeit für mich nehmen. Darf ich Ihnen ein Foto schicken? Meine Erfahrungen mitteilen?

Warum eigentlich nicht? Solche Recherchen aus dem wirklichen Leben sind eine wahre Fundgrube für mich. Es folgte ein, nein, mehrere Fotos. Mit eindeutigen Details. Eigentlich hätte ich gerne auch mal sein Gesicht gesehen. Nun, die Fotos ähnelten sich, hatten immer ein zentrales Motiv: seinen Schwanz. Mal so wie Gott ihn schuf, mal erregt, mal abgebunden, dann wieder mit Klammern … Sein Piercing, ein Ring vorne an der Eichel, nein, an seiner Vorhaut befestigt. Damit kann ich leider nicht viel anfangen, finde es auch nicht erotisch sondern empfinde, dieses kleine

Blechteil eher als unnützen Störenfried.

Es folgte ein Foto von seiner Brust – tätowiert ohne Ende. Nun ja, nicht gerade mein Schönheitsideal. Tattoos und Piercings mag ich nicht. Er wollte ein Bild von mir, ich verneinte.

Dann wollte er unbedingt abspritzen. Lukas: Ich bin so erregt im Kopf. Kann ich dem jungen Mann nicht verdenken. Ich gewährte es ihm. Großzügig wie ich nun mal bin. Machte sozusagen E-Mail-Erziehung, befahl ihm Dinge. Natürlich umsonst. Und er erhielt den Beweis – gleich in dreifacher Ausführung. Er mit seiner Hand am Schaft, nochmals so ähnlich und dann kam das Video: darauf sah man tatsächlich wie er abspritzte. Ein braver und gehorsamer Sklave. Er schrieb freundlich: Hoffe ich konnte ein Lächeln auf Ihre Lippen zaubern. Oh – wo hatte er denn diese Worte her?

Dann wollte mir Lukas berichten, wie das Ganze bei ihm angefangen hat. Ich gewährte ihm die Bitte, schließlich bin ich ja von Natur aus ein neugieriger Mensch. Weil ihm das Schreiben zu anstrengend wurde, bat er mich, mich anrufen zu dürfen und mir seine Outing-Geschichte zu erzählen. War mir auch lieber.

Lukas Geschichte – ich erlaube mir, sie zusammenzufassen und in meinen Worten wiederzugeben:

Er war 22. Auf einer Familienfeier fühlte er sich stark zu seiner Tante hingezogen. Sie war 4o Jahre alt, schlank, etwa 170 Zentimeter groß, lange rote Haare, knackige Brüste und schöne Beine. Eine hübsche Frau. Lukas konnte seine Augen nicht von ihr lassen, starrte ihr auf Busen und Beine. Sie hatte aufregende Strümpfe an. Anziehend für Männer, keine Frage. Hingucker. Die Tante mahnte ihn an diesem Abend öfters, ihr nicht auf die Brüste und Beine zu schauen, sondern ihr in die Augen zu sehen. Im strengem Ton. Dies erregte Lukas noch mehr. Zwischen Peinlichkeit, Scham und großer Erregung schwankten seine Gefühle. Sie zog ihn in seinen Bann. Und er konnte nichts dagegen tun. Er war ihr ausgeliefert, musste sie immer wieder anstarren. Sie strahlte Macht und Dominanz aus, er fühlte sich klein und machtlos. Sie genoss seine Blicke, wie er sie mit seinen Augen gierig auszog. Es floss Alkohol, die Gespräche wurden offener, anregender. Immer wieder forderte seine Tante ihn auf, ja befahl ihm regelrecht ihn direkt anzusehen. Bis Lukas es schließlich nicht mehr aushielt und seiner Erregung auf der Toilette Luft machte. Erleichtert kam Lukas aus der Toilette – und seine Tante kam ihm grinsend entgegen. Er wurde rot. Sie hat ihn direkt angesprochen was er so lange in der Toilette gemacht hätte. Dann schrieb sie ihm eine SMS. Es folgten derer vieler, immer mit Anweisungen was Lukas zu tun hatte. So zum Beispiel sollte er sich in der Öffentlichkeit einen    runterholen und ihr das Beweisfoto schicken. Klassische E-Mail- Erziehung.

Es folgte ein weiterer Klassiker: Neffe-Tante. Nicht als Rollenspiel, sondern als Domina und Sklave. Er besuchte sie, sie machte ihn zu ihrem Sklaven, züchtigte ihn. Das Ganze ging etwa acht Jahre, dann wurde es den Beiden zu gefährlich. Schließlich sind sie verwandt. So entdeckte Lukas seine Neigung, Leidenschaft zum Devot Sein, es zog ihn seither immer wieder zu Dominas. Leider hat er bisher noch nicht die richtige in diesem Bereich gefunden. Wer weiß, vielleicht sieht man sich ja mal und dann sehen wir weiter ...

Übrigens – Lukas erzählte mir von meiner Konkurrentin Vanessa. Er empfand es dort als Abzocke, sie arbeitete nach der Uhr, steckte die Kohle ein und machte das ganz als Job, leidenschaftslos ... Diese Nachricht meiner Konkurrenz gefiel mir – und weckte meinen Ehrgeiz Lukas zu treffen und für ihn die Wunsch-Domina zu sein. Nach etwa 70 SMSen, etlichen kleinen Filmchen wo er sein bestes Stück bearbeitete und mir per Video zeigte wie toll er abspritzen konnte, war es endlich so weit: der Termin stand. Und Lukas kam. Ein hübsches Gesicht, schöne blaue Augen, breites Kreuz, viele Tattoos – ein lieber Kerl. Er sprach mit einem breiten ös-terreichischen Dialekt. Das Spiel war klassisch – leichte Schläge, Schwanz und Eierbehandlung, Gummisack, NS. Er liebte meine Brüste. Auf die spritzte er dann ab. Eine angenehme Stunde. Unspektakulär. Nett.

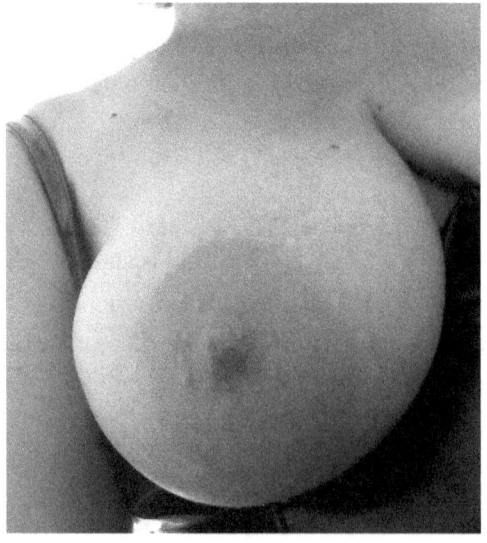

# Kapitel 23 – More, more, more

S ie kommen in der Mittagspause zu mir. Zwischen, vor oder nach ihren Meetings. Oder nach Feierabend. Geschäftsleute, Lagerarbeiter, Schlosser, LKW-Fahrer, Kleinunternehmer, Büroangestellte. Angeber, Großschwätzer, einfache Leute, Typ netter Junge von nebenan. Von Mitte 20 bis Anfang 60. Alle Altersgruppen sind vertreten. Die einen reden viel und gerne, andere wollen sich einfach ins Rollenspiel fallen lassen und nur Sklave sein. Viele machen nur einen kurzen Termin per SMS oder Telefongespräch aus, wieder andere schreiben und schreiben und geilen sich vorab auf. So auch Dominik. Er hatte schon viel Kopf Kino vorab. 85-mal haben wir in zwei Tagen per SMS kommuniziert. Hat Spaß gemacht, er kann gut mit Worten umgehen.

Fand mein Profil sehr interessant, wünschte sich KV, NS, Spitting, Fußerotik. KV kein Muss. Mag einfach das herumsauen. Da war er bei mir genau richtig. Erster Terminversuch: ich musste ihm leider absagen. Aber ich schickte ihm ein „Arbeitsfoto" als Betthupferl. Es fiel ihm daraufhin und wegen meiner „tollen Art" sehr schwer ein nein zu akzeptieren. Ich hätte ihn megaheiss gemacht, ja ihn sogar richtig verrückt gemacht. Und er müsse jetzt mit einer Beule in der Hose weiterarbeiten. Er pries sich selbst an. Als sehr spannend und ich solle doch einem anderen Gast absagen – und sich so einen Typen wie ihn nicht entgehen lassen. Gutes Selbstbewusstsein der Mann. Da konnte ich wohl noch diesbezüglich sehr viel lernen. Kurz: es klappte spontan am nächsten Tag mit einem Termin.

Zu Dominik. Er kommt eigentlich aus Hamburg, ist zum Arbeiten in der Gegend. Netter Typ, 29 Jahre alt, mittelgroß, braune kurze Haare, normale Schwanzgröße. Er machte große Sprüche per SMS dann aber im Real Life eher ruhig aber extrem geil. Sein Programm für eine Stunde: Stiefel lecken, Pudding-Sahne-Spielchen, Füße lecken, Zwangsernährung, Fütterung, Spucken. Keine Schläge, keine Nippelfolter. Eigentlich wollte er KV – war aber sehr mit meinem Programm zufrieden. Geht doch. Es gefiel ihm sichtlich, er fand es schön und fand mich definitiv anders. Gut anders.

Nach Dominik kam Werner aus Tirol. Ein ganz lieber Mensch. Er rief spontan an – und machte einen Termin aus. Dies sind mir die liebsten Gäste.

Werner ist selbständiger Fuhrunternehmer, etwa 50, braune Haare, mittelgroß. Schob mich samstagfrüh zwischen Büro und auf dem Weg nach Hause zur Angetrauten ein.

Als Termin. Ein Termin der etwas anderen Art. Er liebte alles: Anspucken, Fütterung, Stiefel mit Sahne lecken, Brustwarzenbehandlung mit Klammern und knabbern, Glöckchen an den Eiern, leichte Schläge, Knebel, Poloch lecken, Brüste lecken.

Und dann im Bad so richtig einsauen mit Schokopudding und Kerzenwachs – herrlich. Und wir konnten echt gut miteinander umgehen, spielen – und lachen! Es war stimmig, passte einfach.

Als er ging sagte er: Ich komme sicher wieder, es war unglaublich, echt super! Vielen vielen Dank und bis zum nächsten Mal.

Wie schön. Komplimente und das Gefühl etwas gut und richtig zu machen beflügeln einen.

Leider ist dies nicht immer so. Beispiel Philip. 50 Jahre, 180 cm und 80 Kilo. Grau-braune Haare, Brille. Jeans. Musste seiner Schwester im Garten helfen daher hatte er seinen Termin verschieben müssen. Unangenehmer Typ.

Er wollte einfach nur eines: NS. Und das die ganze Stunde. In den Mund, auf den Körper. Keine Schläge, keine Fixierung. Wollte mich lecken. Habe dankend abgelehnt.

Am Schluss zückte er sein Handy, sprach vor sich hin und checkte Mails. Und er bemerkte dabei nur ganz nebenbei dass er gerade mal so einen superwichtigen Deal gemacht hätte. Angeber. Wichtigtuer.

Keine Emotionen, keine Ahnung ob es ihm gefallen hat. Ich war froh als er ging.

"Verehrte Herrin, wenn auch nur ein Bruchteil ihrer Zeilen von dem stimmt was im Domina Führer steht, dann kann man(n) nicht an ihnen vorbei…"

Diese Worte schrieb Norbert aus Italien. Gefolgt von weiteren 14 Emails in denen er sich beschrieb, ganze Geschichten seines Kopfkinos zum Besten gab.

Hier seine Geschichte:

Verehrte Herrin.

üben sie bitte Nachsicht mit dem sündigen Sklaven, der sich im Kopf Kino die Wartezeit verkürzt und die daraus entstandenen Gedanken aufzeichnet.

Vielleicht können sie ja die eine oder andere Passage bei ihren aufmüpfigen Zöglingen zur Anwendung bringen.

Meine Herrin öffnet mir die Tür. ich höre schon mit dem Herzschlag im Hals, wie sich ihre Schritte nähern. Ich trete durch den Türspalt ein und höre sofort in unmissverständlichem Ton, dass ich mich nicht umdrehen und hinknien sollte.

Ich gehorche aufs Wort. Meine Herrin legt mir von hinten eine Augenbinde an und ich sehe nur mehr schwarz. Wenn du dich vorbildlich und tadellos verhältst, darfst du später deine Herrin schauen.

Ich warte, was nun passiert. Ich solle wieder aufstehen, damit sie mich ins Bad führen könne.

Hier kannst du dich frisch machen, nackt und wieder mit der Augenbinde sorgfältig angelegt wirst du mit diesem Glöckchen nach mit klingeln. Nicht zu laut, aber auch nicht zu leise. Drei Mal. Vielleicht hole ich dich dann ab.

Ich höre die Tür ins Schloss fallen, schlüpfe aus den Kleidern und lege sie auf den Stuhl. Wasche mich, auch wenn ich erst vor der Abfahrt geduscht habe, damit meine Herrin ja nicht irgendetwas auszusetzen hat.

Danach stelle ich mir das Glöckchen bereit, lege meine Binde wieder an und bimmle.

Es dauert eine gefühlte Ewigkeit, bis die Herrin sich endlich nähert. Ich höre ihr klappern auf dem Fließen Boden näher kommen. Ich bin aufgeregt und zittere am ganzen Körper.

So, du geiles Schweinchen, dann wollen wir mal schauen, ob ich mich da mit meinen Händen ran wagen kann, ohne im Dreck zu wühlen...

Ihre Worte habe ich noch nicht so richtig registriert, dann fühle ich schon ihre Hand an meinem Schwanz. sie schiebt die Vorhaut ganz nach hinten und drückt ein einziges Mal, dafür aber heftig, den Schaft zusammen.

Na, ja...es geht so, meint die Herrin, während sie wohl meinen Schwanz loslässt und mit ihrer flachen Hand gezielt auf die rote Eichel schlägt. Ich bin erregt.

Gefühlt nur so nebenbei prüft sie auch meinen Sack, greift ihn sich gekonnt mit einer Hand und zieht mal dran.

Ganz schön prall deine Eier, da wird es Zeit, sich der mal richtig anzunehmen, zieht nochmals heftig daran und befiehlt mir gleichzeitig aufzustehen.

Das hätte ich auch ohne Befehl schnellstens getan, denn ihr Griff war fast schon an der Grenze des erträglichen.

Ihre Hand hielt sich an meinem Sack fest und so führte mich die Herrin wohl in ihre Sklaven Kammer ...

Gut so, mein Sklave. sehr brav. Knie dich nieder. Ich gehorche schnellstens, da sie am Sack nach unten zerrt. Dann lässt sie los. Ich warte gespannt, was nun passiert.

Die haben wir ja ganz vergessen, höre ich die Gebieterin und spüre dabei ihre Finger an meinen Brustwarzen. Anfänglich streicht sie über die beiden Nippel. Ich spüre die Erregung immer deutlicher. sie zieht an den Warzen und meint süffisant: Mal schauen, was die alten Warzen noch aushalten. Gesagt, eben noch ja Herrin gestöhnt, spüre ich den Schmerz deutlicher, da sie mir ihre Fingernägel in die Warzen bohrt. Gut so. Brav, mein Sklave.

Zwischen meinen Beinen spüre ich ihren Lederstiefel, der an meinem Schwanz reibt.

Sie lässt meine Brustwarzen los. Ich höre ihre Schritte, die sich entfernen und dann wiederkommen.

Beuge dich nach vorne. Ich möchte mich auf dich setzen und mein Lieblingseierpaket schnüren. Ich spüre auf meinem Rücken ihre nackte Haut. Ob sie wohl ohne Höschen auf mir sitzt?

Gekonnt schnürt sie meine Eier ein. Ich spüre den zunehmenden Druck auf der Haut.

So, du geiler Sklavensack…So wirst du verharren, bis ich den letzten Tropfen Saft aus dem geilen Sklaven Schwanz rausgeschlagen habe. Und erst wenn ich zufrieden bin, werde ich dich wieder erlösen. Sie zieht noch einmal heftig am Paket nach oben. Am liebsten würde ich dem Druck folgen und aufstehen. aber ich kann ja nicht …

Die Herrin erhebt sich wieder. Ich spüre einen Druck an den Eiern nach unten. Die beiden binden wir mal fest, damit mir der Sklave nicht davonläuft.

So knie ich nun da. Die Herrin hat sich wohl vor mich hingesetzt. Ich spüre ihre Schenkel an meinem Gesicht.

So, du geile Sau. Nun leck mal schön deine Herrin. Ich strecke die Zunge raus, aber ich spüre keinen Wiederstand. Nach vorne kann ich nicht, da ich ja an den Eiern am Boden hänge. Sie lacht. Tretet mit ihren Stiefeln nach meinem Schwanz und zwirbelt an meinen Warzen.

Fortsetzung folgt. Den Rest erspare ich meinen Lesern...

So viel zu Norbert: 50, kurze graue Haare, sehr schlank, mittelgroß. Irgendwie war er mir unsympathisch. Augenbinde, Brustwarzenbehandlung, CBT leicht, NS, Eier abbinden, Facesitting. Brüste lecken – wollte mich unten lecken. Habe abgelehnt.

Um es kurz zu machen: viel Gerede davor per mail-Kontakt, wenig Fantasie dann vor Ort, viel Vorfreude- aber leider nur das übliche Programm.

Ich war Domina aber als Person völlig austauschbar. Während der Session hat er zweimal Poppers eingenommen – mag ich nicht. Warum braucht man noch so ein Zeug um sich zu pushen? Genügt ein Anblick einer Frau in scharfem Lack-Leder-Outfit nicht als Reiz?

Apropos Reiz – Rainer war ein reizender Mensch. Schlosser aus Österreich. Er redete gerne. Und viel. Kannte sich aus, ging sehr gerne zu meiner Konkurrentin. Sehr interessant.

Bei mir ist die Session personen- und erlebnisorientiert. Bei der Konkurrenz steht Technik und Studioausstattung im Vordergrund.

Die Session mit Rainer, etwa 35-40 Jahre alt, groß, behaarter Körper, gute Schwanzgröße, normal bis nett aussehend, verlief normal. Viel Brüste lecken, da war er sehr fixiert drauf, CBT und vom Vierfüßler stand aus die Eier nach hinten ziehen, Andreaskreuz mit leichten Schlägen, Gummisack, Maske…

Er gestand mir, dass er sich mehrere Male auf meine Bilder im Profil einen heruntergeholt hatte. Sind wirklich sehr schöne Bilder von mir …

Seine Kontakte liefen per Email. Er schrieb was von interessantem Profil, kribbelig, neugierig gemacht – und er müsse unbedingt kommen. Was er dann ja auch tat.

## Kapitel 24 – I know you

Wie schön – Karl einer meiner liebsten Sklaven kündigte sich an. Er wohnt in der Schweiz. Ich freute mich, ja wirklich. Rollenspiel, sich fallenlassen, einfach spielen.

Hier seine erneute Anfrage:

Guten Tag Herrin,

mein Name ist Karl, ich besuchte Sie Mitte Dezember letzten Jahres und durfte damals eine sehr anregende und auch versaute Session bei Ihnen erleben. Vielleicht können auch Sie sich noch vage an mich erinnern - wir machten damals ein Rollenspiel in dem ich als Elektriker beim Klauen eines Ihres Höschens erwischt wurde.

Gerne würde ich Sie jetzt wieder einmal besuchen. Diesmal vielleicht aber nicht mehr das Rollenspiel als Elektriker. Ich kenne Sie jetzt als eine sehr dominante Lady, die Spaß daran hat, mit ihrem Sklaven zu spielen, ihn zu demütigen, zu erniedrigen und nach Strich und Faden zu schikanieren. Ich brauche somit kein Rollenspiel mehr um mich fallen zu lassen. Ich bin devot/maso und Ihrer autoritären, dominanten Art bin ich so oder so machtlos ergeben, wenn ich in beschämender Nacktheit mit Halsband vor Ihnen knie. Ich möchte diesmal einfach Ihr Sklavenschweinchen sein und mich Ihnen und Ihren schmutzigen und versauten Spielchen ausliefern und mich von Ihnen nach Lust und Laune benutzen lassen.

Terminlich würde es mir in der kommenden Woche passen,

jeweils ab 13.00 Uhr. Und ich möchte 90 Min. bleiben. Bitte geben Sie mir Bescheid, wenn es Ihnen recht wäre und ein Termin in dieser Zeitspanne passen würde. Genaueres über meine Vorlieben und meine Sklavenwünsche würde ich dann noch schreiben, wenn der Termin fest steht.

Jetzt hoffe ich auf eine positive Antwort und grüße Sie freundlich Sklave Karl

Es war ein gutes Spiel, ganz meine Kragenweite. Gut drei Monate her und ich erinnere mich immer noch gerne daran. Ein echter Sklave und ein Mann der weiß was er bei einer Domina erwartet. Und er schätzt mich als Person, weil ich bin wie ich bin. Was ich gerne mag – nicht viel drum rum reden, sondern seine Wünsche konkret äußern. Ist für beide Parts perfekt.

Hier nun das Programm von Karl:

Guten Abend meine Herrin,

der Termin steht also fest, ich werde am Mittwoch pünktlich um 13.00 Uhr meiner Herrin zur Verfügung stehen.

Wie bereits geschrieben möchte ich 90 Min. bleiben, also 300 Euro, wenn die Preise noch gleich sind ?? Die Adresse habe ich noch im Kopf, weiß aber Straße und Hausnummer nicht mehr.

Meine Vorlieben aus Ihrem Behandlungsprogramm:

- sklavengerechtes Halsband mit Leine
- Schwanz und Sack hart abbinden

- Erniedrigungen durch versaute Worte, Ohrfeigen, Treten, an Haaren und Ohren ziehen - ins Gesicht spucken etc. auch nur so zum Spaß der Herrin
- Brustwarzenbehandlung mit Fingern und Klammern - Festketten der Brustwarzen

- Sklave ans Kreuz binden und genussvoll mit ihm spielen
- Mit Wäscheklammern Sklavenigel machen und Klammern wegpeitschen
- Wachsbehandlung am ganzen Körper -auch Sack und Schw....

- erniedrigende Reiterspiele - Die Herrin setzt sich ihrem Sklaven auf den Rücken und treibt ihn erbarmungslos umher.
- Sklave in Lederkorsett zwingen und ihn mit Gurten streng und bewegungslos zuschnüren
- Zwangsernährung aller Art - aus der Hand unter Zwang ein gestopft - Vorgekautes von Mund zu Mund - Ausgespucktes - NS eingetrichtert etc.
- Schluckübungen - Spuck- und Speichelspiele
- Achselschweiß der Herrin riechen und lecken
- Speichel, NS oder Speisen von Schuhen oder Füssen lecken
- und zum krönenden Abschluss das Highlight: Dirty Einsaunummer am ganzen Körper mit NS, Spucke und Lebensmittel

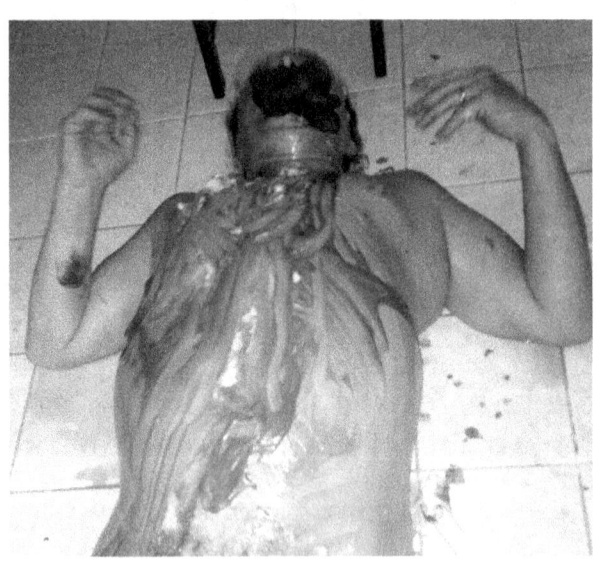

Meine Tabus:

- Brutalitäten, Verletzungen (vorübergehende Spuren egal)
- Kaviar
- Analpraktiken
- Drogen, Alkohol, Poppers etc
- und ich möchte nicht abspritzen - ich genieße einfach die Behandlung und ein Orgasmus erübrigt sich

Herrin, ich möchte mich am Mittwoch Ihrer Dominanz ganz ausliefern und möchte dabei meine Ohnmacht und Machtlosigkeit Ihnen gegenüber auch spüren. Ich liebe das Spiel mit der Macht und der Ohnmacht, wobei Sie die Fäden in der Hand halten und ich Ihre Marionette bin.

Nachdem die Herrin ihren Sklaven in Gewahrsam genommen hat, muss er sich für die Herrin frisch machen und sich ihr in beschämender Nacktheit präsentieren. Er bekommt ein Halsband und damit ihm nicht zu wohl wird, werden Schwanz und Sack hart abgebunden. Zur Begrüßung und als Zeichen der Untergebenheit muss er ein Sektglas mit NS der Herrin kniend und ohne zu zögern austrinken. Damit hat er sich seiner Herrin ausgeliefert und sie darf ihn jetzt nach Lust und Laune benutzen. Es macht ihr Spaß, ihr kleines Sklavenschweinchen zu demütigen, zu quälen und nach Strich und Faden zu schikanieren. Lachend spuckt sie ihm ins Gesicht.

Sie ohrfeigt ihn grundlos und kommt dabei immer mehr in Fahrt. Sie treibt ihr schmutzig, versaut nasses Spielchen mit ihrem wehrlosen Würmchen. Mit Pisse, Speichel und klebrig

- schmierigen Lebensmittel wird er schlussendlich zum Spaß der Herrin von Kopf bis Fuß eingesaut und sie ergötzt sich köstlich an ihrem Schweinchen, bevor sie ihm endlich seine Freiheit wieder gibt - bis zum nächsten Mal. So oder ähnlich stelle ich mir unsere Session vor. Jetzt wünsche ich meiner Herrin noch viel Vergnügen mit ihrem Sklavenschweinchen

Bis dann Ihr Sklave Karl

Übrigens – ich konnte alle seine Wünsche mit Spaß, Lust und Freude dazu noch völlig problemlos erfüllen. Und Karl überreicht mir den Tribut schön in einem Kuvert dazu eine Schachtel hochwertiger Schweizer Pralinen. Ganz Gentleman der alten Schule. Man fühlt sich als Frau – und wie! Besonders schön fand ich als er mir zum Schluss sagte, wie ich es doch mit Herz und Leidenschaft mache – sowas wie mich im Bereich mit einsauen dem genussvollen spielen mit Lebensmitteln gäbe es nirgends. Und das spüre man(n). Einzigartig. Ja auch mir fällt es leicht mit Karl zu spielen, mich ganz der Session hinzugeben. Solche „Wiederholungstäter" wünscht sich jede Domina.

# Kapitel 25 – Next please

Ich hatte eine Auszeit, war auf Reisen. Die Sklaven mussten sich gedulden. Eigentlich wollte ich das Experiment ja nach drei Monaten beenden. Doch die waren längst vergangen. So entschied ich für mich, auf sechs Monate zu verlängern. Es waren doch zu viele Pausen dazwischen.

Jetzt wollte ich mal wieder was für mein Sex-Leben tun, heißt in einen Club gehen. Das ist eine spezielle Vorliebe von mir, das swingen. Ab und an sind wir dort, mein Mann und ich. Einfach auch nur so, zum Plaudern, Schauen. Das Motto jeden Swinger-Clubs: Erlaubt ist was gefällt. Gut so!

Viele Männer, wenig Frauen im Club. Gut für mich. Junge Männer vor allem. Ben und Simon, zwei Italiener, gefielen mir. Die zwei Jünglinge, 25 und 37 Jahre jung, nahm ich im Club Bizarr mit nach oben. Und es kamen noch ein paar mehr hinterher. Insgesamt fielen acht Männer plus meinem Ehemann Jörg über mich her. Ich war beschäftigt mit blasen, Schwänze wichsen und mich ficken lassen. Ganz banal. Oder es wichsten sich diverse Männer selber einen neben mir auf meine Titten und sonst wohin. Es war der volle Gang-Bang im Gange. Nicht mein Gedanke und Wunsch an diesem Abend. Das Ganze nahm überhand und ich stoppte es. Ben massierte mich ganz lieb. Und gab mir seine Handy-Nummer. Auch Simon, 25jähriger Fußballer aus Mailand, spielte zurzeit in Bregenz, tippe seine Nummer in mein Handy. Das gefiel mir gut, ich fühlte mich sehr begehrt, begehrenswert und jung. Am nächsten Tag erhielt ich eine SMS. Von Simon. Er fand den gestrigen Abend im Club wohl sehr geil. Und dann gleich sein Angebot: wenn du möchtest können wir gerne auch privat „spielen". Okay, ich wollte. Machte ihm eine Ansage – heute Abend um 20.30 Uhr in meinem Haus. Schließlich will auch eine Domina mal normalen Sex, obwohl, ich beziehe immer meinen Ehemann mit ein. Ich liebe Dreier.

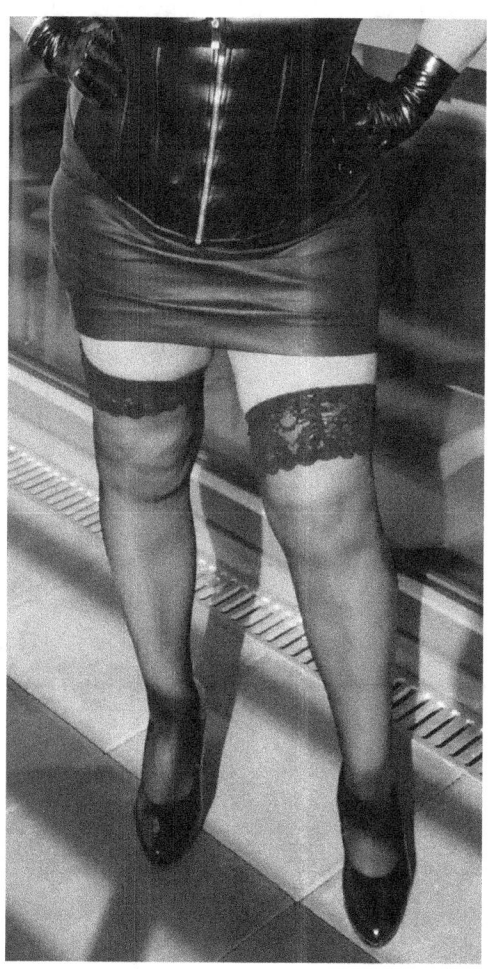

Per SMS machte ich ihn noch ein bisschen scharf. Er antwortete: Geil, bis nachher Schatz! Lustig, ich könnte locker seine Mutter sein. Was nur finden junge Männer an alten reifen Frauen? Stehen sie auf Erfahrung? Auf unkomplizierten, ehrlichen, echten und geilen ungehemmten Sex? Wahrscheinlich. Er wollte viel probieren, was lernen. Simon war ein Schnuckelchen. Schwarze schöne Haare, schwarze Augen, schöner Körper. Jung. Und er roch verdammt gut. Schmusig, sexy, liebevoll – und er kam zweimal. Ich kam als mein Mann mich leckte. Alles safe. Mit Kondom. Dann führte ich ihn ein wenig in meinem Domina Reich ein, zeigte ihm alles. Leichte Schläge. Nur ganz soft. Shades of Grey – nur umgekehrt ... Aber ich hatte heute ja frei.

Dann machte ich Termine, beantwortete Mails ...

Und Simon wollte sich zwei Tage später wieder treffen. Um 20 Uhr. Er kam nicht, sorry, klappt nicht. Da wurde ich wütend – und brauchte dringend zur Entspannung eine Sauna. Andere Gedanken, entspannen, genießen – und Leute schauen. Für mich Freizeitvergnügen und Wellness pur. Gesagt, getan. In meinem Lack- und Lederoutfit stand ich an der Saunakasse. Vor mir stand ein hübscher Kerl, ganz nach meinem Geschmack. Beuteschema. Auch ich fiel ihm auf, er musterte mich in meinem etwas ausgefallenen Outfit von oben bis unten.

Ein Lächeln machte sich auf seinem Gesicht breit. Ihm schien zu gefallen was er da sah. Treffer. Beim 19 Uhr Aufguss traf ich ihn wieder. Und wie könnte es anders für eine Domina sein, es war der Wenning-Aufguss. Dort schlägt der oder die Saunameister(in) die Gäste mit

Birkenzweigen auf den Rücken. Gut für die Durchblutung. Manche schlagen da ganz schön feste zu. Aus den Augenwinkeln beobachtete ich den schönen Mann. Er schien die Schläge zu genießen und wies die Saunameisterin, die den Aufguß machte an fester zu schlagen.

Wir trafen uns zum Abkühlen vor der Sauna, er schaute mich an, fragte ob ich dominant sei. Ich bejahte, schaute ihm fest in die Augen und meinte, dass ich nebenbei als Domina arbeiten würde. Ich konnte seine Erregung in seinen Augen ablesen und auch unter dem Handtuch nahm ich eine gewaltige Beule wahr.

Er raunte mit heißerer Stimme in mein Ohr, ob wir nicht kurz in einer dunklen Ecke des Saunageländes verschwinden könnten. Im hintersten Winkel des Sauna-Außen Geländes liess ich ihn meine Schlagkraft auf seinen bloßen wohlgeformten Hintern spüren. Bis er stopp wimmerte. Dann legte ich noch sanft mit ein paar Birkenzweigen nach.

Er drehte sich um, ich sah ihn von vorne. Ein schöner Körper mit einem sehr schönen Schwanz, der vor Erregung stand. So konnte ich mir wunderbar seine Brustwarzen vornehmen. Er stöhnte vor Lust. Dann befahl ich ihm sich vor mir aufs Gras zu legen damit ich ihn mit meinen Natursekt vollpissen konnte. Seine Erregung stieg ins unermessliche. Genug SM – nun war ich an der Reihe.

Ich war heiß auf ihn und nutze die  Gunst der Stunde. Er lag vor mir auf dem Boden und ich setze mich auf ihn, schob seinen harten Ständer tief in meine feuchte Muschi, so dass er tief in mich eindringen konnte. Mit den Händen massierte er meine Brüste und ich ritt ihn. Wir mussten höllisch aufpassen dass uns keiner entdeckte. Aber gerade dies machte diesen Quickie ja so reizvoll.

Er wollte mir danach eine Massage spendieren. Doch ich gab ihm meine Adresse und er wollte gerne eine Session als Sklave bei mir erleben. Irgendwie verfolgen mich Sklaven überall.

Und Clubs, genauer „Swinger-Clubs". Gemeinsames Interesse, spannende Leute. Besondere Art der Vertrautheit.

# Kapitel 26 – Gangbang

Sich vertraut sein. Kein Muss im Club. Eher ungewöhnlich, außer man bezieht als „Vertrauten" seinen Partner oder ein befreundetes Pärchen mit ein. Im Swinger Club geht's eher um „sich vertrauen", fallenlassen. Geilheit und Sexualität ausleben, zuschauen. Voyeurismus. Spaß haben.

Es ist an der Zeit: die Herrin wünscht sich einfach normalen Sex, zu sehen wie Menschen am Rein- und Rausspiel Gefallen finden. Zuerst bin ich die stille Beobachterin, schaue was es so an neuen Trends a la Müller-Sexshops gibt. Vor allem was die Männer so tragen. Für mich ein absoluter Abturner: Lack-Tanga-Slips oder gar Badeschuhe mit weißen Socken. Ich genieße die Blicke der Männer, wenn sie mein Outfit in Lack und Leder mögen, mich von oben bis unten taxieren. Nachdem ich so eine gute Stunde mit Schauen und Small Talk verbracht habe, übermannte mich der Gedanke an einen Gangbang. Ich schnappe mir meinen Göttergatten und nickte noch zwei Männern zu. Und ab ging es in die oberen Schlaf-gemächer ...

Gangbang – eine Spielart von Gruppensex, eine Sexualpraktik an der mehr als zwei Personen beteiligt sind. Diese besondere Form des Gruppensexes gedenke ich heute im Club zu praktizieren. Die Männer sind willig, ich bin geil. So einfach. Es geht – inzwischen sind es fünf fremde Männer und mein Mann Jörg plus einer Frau, meiner Wenigkeit. Zwölf Hände, sechs Zungen und sechs Schwänze kümmern sich um mich. Ich blase, wichse, lass mich ficken.

Immer mit geschlossenen Augen. Einfach wild. Nach der Dusche wollen mich vier Männer massieren. Ich lege mich auf eine Liege, genieße eine achthändige Öl-Massage. Entspannt, enthemmt, einfach wunderschön. Nach der Massage bin ich bereits wieder bereit, ich will es heute wissen.

Nochmals ein kleiner Gangbang mit vier Männern, immer mit Ehemann Jörg an meiner Seite. Vertrautheit und das Fremde. Fantastische Kombination. Und die erste Erfahrung mit einem „black man" – Moritz, gutaussehender junger

Jamaikaner. Nett. Rammelte auf mir herum wie ein Wilder. Und er hatte einen schönen Schwanz, zugegeben, aber so wie immer die Schwänze von Schwarzen gerühmt werden war es nun wirklich nicht. Kein Riesenpenis, wirklich nicht. Aber Moritz hatte einen wirklich sehr schönen knackigen Hintern. Und konnte nicht genug kriegen, wollte beim Duschen gleich nochmals. Aber ich habe ihn gestoppt. Genug ist genug.

Es war inzwischen 23 Uhr. Und ich hatte immer noch nicht genug. Clubwechsel. Zehn Autominuten entfernt gingen wir zum Club Passion. Kurzer Abschluss, ganz ohne Penetration mit vier fremden Männern plus meinem Mann, nur wichsen und blasen. Nun, das genügt mir für lange Zeit. Furchtbar langweilig so viele nackte Körper, immer dasselbe. Da freue ich mich doch wahrlich wieder auf meine Gäste wenn ich sie als Domina begrüßen darf und mir die Männer im wahrsten Sinne des Wortes zu Füssen liegen. Da werde ich respektiert, hofiert, ja manchmal auch wie eine Königin behandelt …

# Kapitel 27 – Queen of the day

Du bist meine Königin! Ich will dich heiraten! Abgesehen davon, dass ich seit über 30 Jahren verheiratet bin, hat das noch keiner zu mir gesagt. Und dabei kennt dieser Mensch mich ja noch nicht einmal. Aber von vorne. Ein Anruf auf meinem Sklavenhandy. Aus Österreich. Lustige, fröhliche Stimme. Dialekt. Was dann folgte gefiel mir, machte mich aber auch kurzfristig sprachlos. Und so schnell verschlägt es mir nicht die Sprache. Unser Telefonat: „Schönheit! Ich muss dir jetzt erst einmal ein Kompliment machen: so ein Wonneproppen wie dich findet man selten! Diese Brüste erinnern mich an meine Mutter! Königin – wann kann ich dich treffen?"

Der ging aber ran. Woher wusste er ob ich schön bin? Lediglich eine Vermutung, er kannte mich ja gar nicht. Walter, so nannte sich der gute Mann, hielt nicht lange hinterm Berg. Dass ich verheiratet bin musste er wohl oder übel hinnehmen. Doch er bot mir an, wenn ich ihn heiraten würde, dann bekäme ich als Hochzeitsgeschenk seine Sklavin zur freien Verfügung dazu. Und er würde sogar noch deren 19jährigen Sohn dazugeben. Schließlich kann ich mit Frauen nicht viel anfangen in diesem Bereich, denn ich mag keine Frauen behandeln – oder gar schlagen und ihnen wehtun. Nicht mein Ding.

Walter ließ nicht locker. Charmant und ausdauernd. Zweiter Anruf von ihm:

„Wann kann ich dich sehen? Ich möchte dich unbedingt kennenlernen. Schick mir doch bitte ein Foto wo du ganz drauf bist. Und eines mit deiner Muschi. Ich liebe dich schon jetzt Königin – ich bete dich an! Du bist bestimmt so eine richtig geile Sau wie ich…das spüre ich!" So so. Was der Knabe aus Österreich nicht alles so durchs Telefon bemerkte. Aber irgendwie war es witzig. Er war so ausdauernd, gab sich nicht geschlagen. Innerhalb von 30 Minuten folgte sein dritter Anruf.

„Schöne Frau, sag stehst du auf viele Schwänze gleichzeitig? Du gehst doch bestimmt in Clubs? Du bist meine Königin! Mach dir meine Sklavin zu Eigen, sie soll dir einen Orgasmus bescheren. Daneben kannst du dich mit meinem Riemen und dem jungen Schwanz des Sohnes meiner Sklavin vergnügen. Die Schwänze gehören dir!"

Nun ich bin eine Domina. Er scheint da irgendwas zu

verwechseln. Welche Drogen Walter wohl nimmt, so mitten am Tag? Ich will es gar nicht wissen. Solche Gespräche mitten beim Autofahren, höchst gefährlich. Wieder und wieder konnte ich ihn nur zeitlich vertrösten – er musste sich leider mit meinen Bildern und den Texten aus den Portalen begnügen, ich hatte die nächsten vier Wochen keine Zeit für eine „Behandlung".

Beim vierten Anruf von Walter war ich dann sehr kurz – keine Zeit und so, steh an der Supermarktkasse, kann nicht sprechen. Dann war Ruhe. Obwohl so eine Titulierung als Königin – damit könnte ich schon leben. Das gefiel mir gut. Aber für meine Sklaven bin ich ja quasi so etwas wie eine Königin: Herrin, Herrscherin auf Zeit, für ein oder zwei Stunden. Fallenlassen im Königreich einer Domina. Niederknien vor dem Thron inklusive.

# Kapitel 28 – Jörg

Es ist nicht immer leicht mit mir umzugehen. Mein „richtiger" Beruf der mich oft fordert, wo ich schnell sein muss, die richtigen Entscheidungen treffen muss, mich Kunden und Mitarbeiter Nerven kosten. Tagtäglich Rücksichten nehmen, immer ein Ohr haben für alle noch so klitzekleinen Belange. Dann noch Kinder und Haus. Mein „Nebenjob" als Domina – mit allem was dazu gehört wie Mails, Anrufer…und die Anfragen sind nicht immer einfach. Manchmal höre ich mir schon grenzwertige Dinge an. Das alles zehrt.

So gestaltet sich mein Alltags-Leben oft ziemlich chaotisch. Nicht immer steht da das Dominant-Sein im Vordergrund. Eher das Durcheinander. Nun, da ich auch viel Energie habe, kriege ich das Alles so mehr oder weniger unter einen Hut. Natürlich bleibe oft ich und die Achtsamkeit dabei auf der Strecke.

Und Jörg. Um meinen über alles geliebten Ehemann tut es mir sehr leid, er hat definitiv „mehr" von mir verdient: ein Mehr an Aufmerksamkeit, Achtsamkeit, Zuwendung und Liebe. Er läuft bei mir oft so nebenbei mit, obwohl er bei allen meinen Projekten mitmacht, mit plant und mich tatkräftig unterstützt. Was nicht ausbleiben sind auch viele Diskussionen und Streit. Jeder hat so seine Sichtweise von Dingen, jeder hat so sein Tempo, seine eigene Arbeitsweise. Und ich habe sehr oft meinen Turbo eingeschalten ...

Jörg ist ein Sklave wie aus dem Bilderbuch: devot, ja er ist mir hörig. Er gibt bei mir als seiner Herrin die Kontrolle ab, zeigt absolute Hingabe, lässt sich fallen. Und er liebt es, mir

ganz ausgeliefert zu sein. Ohne nachzufragen. Dazu gehört
unendliches Vertrauen. Ein schönes, erhabenes Gefühl.

Manchmal leidet er auch, wenn ich mich abends mit
Freundinnen treffe oder mich im Sportstudio austobe. Dies
sind meine Mittel um den Kopf frei zu bekommen. Jörg
möchte mich gerne mehr um sich haben. Dazu fehlt mir
leider oft die Zeit.

Schade. Sehr schade. Er ist so ein liebevoller, umsorgender Ehemann, viele Frauen würden sich so einen aufmerksamen, großzügigen und großherzigen Mann wünschen.

Mein Traum-Mann Jörg hat einen Lebens-Traum: gemeinsam gesund alt zu werden. So simpel. Und so schön. Schließlich wollen wir noch viele gemeinsame Traumreisen machen und nicht nur davon träumen.

## Kapitel 29 – Miss doctor

Es war ein Anruf. Eine schöne, weiche und doch sehr bestimmende aber dennoch sanfte Stimme. Sie brachte es in ihrem Anruf gleich auf den Punkt: „Hallo! Hier spricht Anna, ich bin auf der Suche nach einer reifen Herrin. Ich bin Ärztin, habe eine eigene Praxis und bin von Norddeutschland hierher gezogen. Um es gleich vorweg zu nehmen: ich bin lesbisch! Meine Konfektionsgröße ist 36, ich bin 168 Zentimeter groß, habe eine lange blonde Haare und bin 32 Jahre alt. Brüste und Intimbereich sind geschmückt. Und ich bin devot."

Das saß. Meine Bilder in den Portalen hätten sie total angesprochen, sie stehe auf das „Üppige", mochte meine Fotos von meinen schönen großen Hintern.

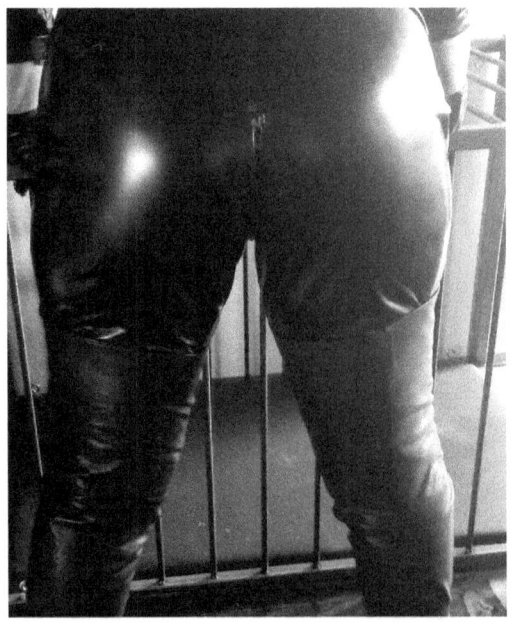

Mein Text hätte sie total angesprochen. Zudem wäre sie sehr gut im Lecken, liebe NS und vertrage gut Schläge.

Ich war ganz ehrlich zu ihr, äußerte meine Bedenken, ja Befindlichkeiten darüber, eine Frau zu schlagen – auch wenn Sie es wünschte. Ich nannte meinen Tribut, sie meinte das wäre überhaupt kein Problem, schließlich müsse eine Herrin auch leben und sie nage ja nicht am Hungertuch. Und an den Wochenenden hätte sie Zeit. Ihre Herrin in Hamburg war 52, sie fände reife Frauen toll.

Wir beide würden ein schönes kontrastreiches Paar abgeben. Sie trug wohl gerne Schulmädchenuniform mit Ringelsocken. Und wäre total devot, auch zur braven Stute von ihrer ehemaligen Herrin abgerichtet worden.

Eigentlich schon irgendwie seltsam in welche Rolle eine gebildete, hochkonzentriert arbeitende Frau so in ihrer Freizeit schlüpft. Sie ändert sich nicht nur äußerlich, nein ihr ganzes Verhalten passt sich der einer Sklavin an. Rollenspiel. Rollentausch zum real life? Der passive Part in der Freizeit wenn man sonst immer entscheiden muss, beraten, hilfsbereit ist und freundlich dazu?

Anna begann mich zu interessieren. Spannend. Eine Frau in diesem Bereich die sich nicht nur den Männern als kleine dümmliche Sklavin zur Verfügung stellt. Nein – eine Frau die weiß was sie will – und es sich holt. Und die sich auch als äußerst attraktiv beschreibt.

Rein äußerlich wären wir ein schönes Paar – für die Männerwelt ein gegensätzlich aber bestimmt sehr anziehendes Paar. Eine Traumbesetzung für einen flotten

Dreier. Wir machten einen Termin fix. Sie freute sich, ich konnte ihr Strahlen förmlich durch den Telefonhörer spüren. Der Funke sprang verbal und von der Sympathie am Telefon schon einmal über. Ich war sehr gespannt auf die Wirklichkeit.

Dann war es soweit. Punkt 11 Uhr am Samstag klingelte es an meiner Haustüre. Ein wenig aufgeregt, voller gespannter Erwartung öffnete ich die Türe. Was soll ich sagen – ich war sofort begeistert!

Eine wundervolle Frau stand mir gegenüber. Sowas nennt man wohl einen echten Hingucker! Sie trug ihre langen (echten) blonden Haare offen und strahlte mich mit ihren blauen Augen an. Makellose Zähne und Grübchen, ein charmantes offenes Lächeln. Ich war sofort hin und weg.

„ Anna, hallo, schön dass wir uns kennenlernen dürfen! „ – so ihre Worte. Sie reichte mir eine gepflegte und manikürte schmucklose Hand zur Begrüßung. Angenehmer Händedruck. Ich bat sie herein.

Sie trug eine enge schwarze Lederhose, Stiefeletten, eine hautenge weiße Bluse und darüber einen langen Ledermantel. Sie lächelte mich entwaffnend an und sagte:

„ Du bist eine wunderschöne Frau, du gefällst mir. Wir beide passen sehr gut zusammen!" Sie brachte immer alles auf den Punkt, sprach aus was sie dachte.

„Dieses Kompliment kann ich dir zurückgeben! Du bist eine der schönsten Frauen, denen ich je begegnet bin.

Und du hast das gewisse Etwas!" So meine ersten Worte zu

Anna. Sie wollte nicht viel Zeit verlieren, sie zog sich aus.
Als sie vom Bad wieder rauskam trug sie einen Catsuit aus
Lack.

Die Männerwelt würde ihr in diesem Outfit scharenweise zu
Füssen liegen. Doch sie war ja lesbisch. Ein wenig aufgeregt
und unbeholfen waren meine ersten Herrinnenbefehle ihr
gegenüber. Doch schnell gewöhnte ich mich daran. Sie war
sehr devot, umgarnte mich, küsste meine Brüste, streichelte
mich – und begann mich zu lecken. Es war himmlisch, sie

wusste genau wo sie mich anfassen musste, drückte genau die richtigen Knöpfe und ich kam.

Als Belohnung oder Bestrafung wie man es nimmt fixierte ich Anna am Andreaskreuz. Es schien ihr zu gefallen die Kontrolle abzugeben.

Ich berührte ihre wohlgeformten kleinen Brüste, sie stöhnte auf. Mit gespreizten Beinen stand sie vor – ich verband ihr die Augen, zog ihr eine Gummi-Maske über das Gesicht und knebelte ihren Mund. Ich machte sie los und sie stand mit dem Rücken zu mir.

Der Po schaute aus ihrem Lackanzug heraus, wohlgeformt und knackig. Und ich nahm die Gerte und schlug sanft zu, dann immer stärker. Sie stöhnte vor Lust. Es war in diesem Moment überhaupt nicht mehr komisch eine Frau zu schlagen, da es ihr sichtlich Lust bereitete.

Dann band ich sie los, sie musste mir als lebende Toilette dienen und meinen Natursekt in sich aufnehmen. Das tat sie begierig.

Da ich es ja gerne dirty mag schmierte ich meine Brüste mit Sahne ein, sie wurde mit Erdbeeren von mir gefüttert und dazu Sahne von meinen Brüsten.

Ein himmlisches Dessert, schön präsentiert. Es gefiel ihr ausgesprochen gut. Danach drehte ich ihr meine Rückseite zu, sie beschmierte meinen großen Hintern mit Schokopudding, den sie begierig ableckte.

Ihren Catsuit zog sie aus. Sie war fast nackt. Eine Traumfigur, alles genau richtig platziert. Sehr erregt durfte sie sich auf den Boden legen.

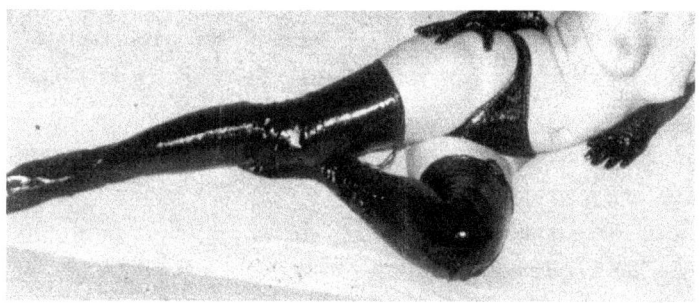

Dann pinkelte ich auf ihren Körper, nahm Natur Joghurt und bemalte ihren schönen Körper damit. Dann nahm ich eine brennende Kerze, träufelte das heiße Wachs auf sie.

Als Kontrast – Eiscreme, Wechsel von heiß und kalt. Sie wand sich vor Erregung und sie befriedigte sich mit ihren Fingern dabei selbst.

Die Stunde war um. Sie überreichte mir zum Abschied ein Kuvert. 500 Euro entnahm ich ihm und Konzertkarten.

Eine stolze Summe für eine Stunde Spaß mit einer tollen niveauvollen Frau. Anna plante bei nächsten Treffen zwei Stunden mit mir, wollte Rollenspiele ausleben.

Der Beginn einer dauerhaften Sklavin-Herrin-Beziehung?

## Kapitel 30 – Sport illustrated

Sport gehört zu meinem Leben wie Arbeiten, Essen, Trinken und Schlafen. Ich bin nicht die ehrgeizige Sportlerin die an ihre Grenzen geht, verbissen jede Kalorie abtrainiert. Eher der Typ: Sport muss Spaß machen, vor allem in der Gruppe bei einem Kurs. So ist das ganze Unternehmen Bewegung gut strukturiert. Das gefällt mir. Passend dazu hatte ich doch neulich tatsächlich einen Gast, Sebastian, der wollte, dass ich im sexy Sportoutfit eine Session mit ihm abhalten sollte. Das kam mir sehr entgegen. In Sportklamotten fühle ich mich sehr wohl. Mag ich gerne an mir sehen, sehr bequem und doch formend. Ich trug ein schwarzes, tief dekolletiertes, eng anliegendes Tank Top dazu eine schwarz-glänzende hautenge Sporthose.

Dazu als Kontrast schwarze Lack Pumps. Sebastian fand mich in meinem Outfit sehr sexy. Er war Mitte bis Ende 30, kurze Haare, Brille, eher unauffällig. Seine Figur war drahtig, durchtrainiert, kein Bauch. Er hatte einen großen Schwanz – hätte man so gar nicht vermutet. Und er war geil, und zwar so richtig.

Sein Kontakt kam über GMX. Er war sehr einfühlsam, hatte ein interessantes Frauenbild. In seiner ersten Mail an mich stellte er sich vor, was er sich wünschte, fragte nach den Kosten und nach einem Termin. Ganz einfach. Nachdem Tribut und Termin geklärt wurden, dann eine weitere Mail.

Hier seine Beschreibung:

Liebe Herrin!

Anbei meine Vorstellungen. Keine Angst, wenn Dir die Mail zu lange ist, wir können auch gerne darüber sprechen. Ich habe das extra in Stichpunkten geschrieben damit Du nicht zu viel Text lesen musst.

Alles was ich im Folgenden schreibe sind nur unverbindliche Wunschvorstellungen. Nichts davon ist Bedingung, ich möchte nur, dass Du mich verstehst.

Wir müssen nicht konsequent eine Geschichte "durcharbeiten", wir können alles ausprobieren, was Dir zusagt.

SOZIALES
Ich werde weniger von der herkömmlichen Domina erregt, als von einer natürlichen (erstmal) gleichwertigen Frau. Dann wirkt die Demütigung besser, finde ich. Nähe und

Menschlichkeit sind dabei sehr hilfreich auch einfaches Händehalten kann das schon bewirken.

D.h. Du musst keinen klassischen Domina-Lack-Look tragen, Du kannst gerne Sommerkleid, Rock, Leggins, Turnschuhe, Flip-Flops, ... tragen. Obwohl Du auf den Fotos in Deinem Look schon sehr sexy aussiehst.

Möchtest Du dass ich etwas Bestimmtes trage? (Ich schwanke noch zwischen Badehose, Jogging-Leggings, normale Jeans).

DU:
* Meine Tante und/oder
* Meine Freundin (Frau/Schwägerin/Beste Freundin meiner Freundin ...) und/oder
* (M)eine Kampfsportlehrerin und/oder
* Meine Gouvernante und/oder
* Meine Herrin (ja das geht natürlich auch ;-)


SEBASTIAN:
* Dein Neffe und/oder
* Dein Freund(Ehemann/Schwager) und/oder
* Dein Schüler und/oder
* Dein Schutzbefohlener und/oder
* Dein Untergebener


WIR
* Reden/"Fachsimpeln" (wie bei Kaffee und Kuchen?)
z.B. über Selbstbefriedigung der Männer/Frauen, Lehrvideos (s.unten), meine/Deine Wichsvorlagen, Frauen, Männer, Tiefschläge bei Männern, sexuelle Abhängigkeit, was Frauen/Männer denken/fühlen ...

DEIN CHARAKTER WILL:

* mich lieben
* mit mir über meine/Deine Wichs/Sex-Phantasien reden
* sich an mir "aufgeilen"
* mich mit ihren weiblichen Reizen aufgeilen

* mich bestrafen/belehren …

  -weil ich im Schwimmbad dauernd den (bedenklich jungen und reifen) weiblichen Rundungen nachgaffe

  -weil ich mit Deiner Sklavin/Freundin/Schwester/ "zu hart Liebe gemacht"/vergewaltigt habe (sie hat geweint)

  -weil ich Deine Sklavin nicht vergewaltigt habe

  -weil ich sie betrogen habe

  -weil ich sie/ihre Freundin/Schwester/Sklavin betrogen habe

  -weil ich nicht sie zur Freundin genommen habe

* mich über die männliche Schwachpunkte aufklären
(Hoden, leicht erregbar, von Frauen sexuell abhängig)
* ein Lehrvideo (Verteidigung/Aufklärung) für
Frauen/Ehefrauen/Mädchen drehen (das geht bestimmt
leicht)
* mich tröstend streicheln und Mitgefühl zeigen
* sich über mich lustig machen und mich "nachäffen", um
mir zu zeigen wie lächerlich ich mit den Händen zwischen
den Beinen zu Boden gegangen bin
* dass ich auch weiterhin viel wichse und dabei an sie denke

SEBASTIAN:
* ist nur ein Mann
* wichst daheim in Taschentücher
* ist sehr geil, weil ihn seine Freundin nicht in sie eindringen
läßt

WAS ICH MÖCHTE:
* Vor Schmerzen zu Boden gehen (nicht nur stehend
krümmen sondern richtig zu Boden gehen)

* Dir vertrauen
* Dir misstrauen
* Gedemütigt werden
* Unterlegenheit spüren wegen Hoden, Pimmel, Erektion
* Unterlegenheit spüren trotz männlicher Muskeln
* Überraschend (!) in die Glocken getroffen werden

VIDEOS nur zum einstimmen (!) als Beispiele ...
Selbstverteidigung (und sie spricht viel :-)
und Krav Maga für Frauen.

WAS ICH NICHT MAG (Keine Angst, es ist nicht schlimm wenn sowas passiert, es sollte halt nicht dauernd passieren):

* Dominanz ohne Story/menschliche Nähe (z.B. Herrin Juliette befiehlt Sklave Steffen sich an Decken-Stange festzuhalten. Um ihn zu treten.
Warum gefällt mir das nicht? Hier fehlt mir der "Grund" oder die Story. Warum sollte ich mich freiwillig festhalten? Besser: Herrin/Lehrerin/Trainerin Juliette befiehlt Sklave Steffen eine Kampfstellung einzunehmen, um ihm/den Zuschauerinnen die männliche Schwachstelle zu zeigen.

* mich (am Boden liegend) quälen/treten.
Warum gefällt mir das nicht? da ich ja schon zu Boden gegangen bin, bin ich nun in einer unterlegenen Position und wenn Du mich nur hier/so dominierst, denke ich das Du mich nur deshalb dominieren kannst und dass Du ansonsten mir unterlegen wärest.

* Mit Seilen gefesselt werden (auch hier macht's die "Story": z.B. Handschellen hinter dem Rücken zur Strafe weil ich dauernd die Hände vor die Glocken halte)
Bis bald Sebastian

Sehr ausführlich. Sebastian kam. Er buchte eine Stunde. Und hatte zwei Taschen voller Outfits dabei – Karateklamotten, Sporthosen- und Oberteile, Badehose... Und diverse Kameras, Tablet … bestens ausgerüstet. Er war sehr gut vorbereitet. Wir unterhielten uns, er zeigte mir Videos, dann ging ich in Karateposition und kickte ihm meine Füße, stemmte mein Knie und meine Fäuste hart in die Eier. Ich durfte – nein ich musste hart zuschlagen bis er zu Boden ging. Immer die Kamera im Anschlag. Dann habe ich ihm einen runtergeholt. Ging sehr schnell. Sein großer Schwanz war die ganze Zeit über sehr erregt, folglich steif.

Die Session war wie eine Trainerstunde. Für mich leicht verdientes Geld. Hat auch Spaß gemacht wenn man seine Berührungsängste gegenüber dem männlichen Geschlechtsteil ablegt und einfach draufhaut.

## Kapitel 31 – Sven

S ven ist nicht sein richtiger Name. Sven hat mich angerufen. Er kommt aus Berlin. Und dann legte er los. Per Mail via GMX. Ein besonderer „Verehrer". Er neigt dazu, sehr viel und sehr ausführlich zu schreiben. Dies möchte ich meinen geneigten Lesern natürlich nicht vorenthalten. Bitteschön:

Einen schönen guten Tag Herrin, ich bin Sven aus Berlin und wir haben gerade telefoniert. Danke erst einmal für das nette Telefonat mit Dir ! Ich bin auf Dich aufmerksam geworden, weil Du eine wundervolle versaute Nähe anbietest.

Dein Internetauftritt ist wirklich eine Offenbarung für mich ! Natürlich muss für eine solche besondere Nähe die Sympathie da sein und Vertrauen, auch was den gesundheitlichen Aspekt betrifft.

Aber erst einmal etwas über mich: ich heiße Sven und ich bin Ingenieur, habe Familie und ein geregeltes Leben, wie man so schön sagt. „Die Leute" finden, dass ich ein netter Mann mit angenehmen und sympathischen Umgangsformen bin. Ich bin 1,78 m groß, schlank, 55, und habe (noch) einen ganz ansehnlichen Körper. Ich bin einfühlsam, empathisch, humorvoll und denke positiv über Menschen. Ich lebe zwar ein ausgefülltes Leben, habe aber seit meiner frühen Jugend ganz besondere sexuelle Sehnsüchte, die Du in einigen Punkten genau triffst (hm...besonders was Du im Dirty-Bereich anbietest ...)

Durch mein Älterwerden erkenne ich immer deutlicher meine tiefen besonderen Sehnsüchte zum weiblichen

Geschlecht und wünsche mir (wieder) den Kontakt zu einer „besonderen Frau", der ich mich anvertrauen kann.

Ich würde mich freuen, wenn Du meinen Brief an Dich lesen magst, auch wenn er etwas länger ist. Wie gesagt, durch mein Älterwerden verstehe ich mich besser und weiß endlich, nach welchem Gefühl ich mich hin und wieder genau sehne.

Ich war als kleiner Junge für 6 Wochen in ein Kinderheim verschickt worden (das machte man in den 60-iger Jahren, wenn Kinder zum Beispiel länger krank waren). Ich erinnere mich an eine Erzieherin, die mich auf Ihren Schoß nahm, wenn ich nicht essen wollte … und das muss für mich sehr bedeutsam gewesen sein, denn ich habe seit frühester Jugend „besondere Sehnsüchte", die mit Nähe, „liebevollem Zwang", Gefallen wollen und Überwindung zu tun haben. Heute kann ich das genau benennen. Ich bin – glaube ich – schon als kleiner Junge in diese Erzieherin (oder Schwester wie man früher sagte) verliebt gewesen und habe sie angehimmelt (und mochte auch sehr ihren Schweißgeruch). Ich hatte ein glückliches Gefühl, wenn Sie mich auf den Schoß nahm, obwohl ich wohl manchmal „Sachen" essen musste, die ich nicht mochte. Bestimmt hat sie mich auch manchmal geohrfeigt, wenn ich nicht artig meinen Mund wieder aufgemacht habe… Also, ich sehne mich nach viel Nähe und „liebevollem Zwang".

Auf Dich und heute bezogen: Ich möchte Dir gefallen und Dir hingebungsvoll zeigen, dass ich glücklich bin, bei Dir sein zu können, bzw. zu dürfen. Dieses Glück möchte ich Dir danken, indem ich mich aufrichtig bemühe, Deine Körperflüssigkeiten gerne zu riechen, zu schmecken und in mir haben zu wollen, als besondere Nähe und Verbundenheit zu Dir. Insbesondere Deine „Pipi" und Deinen Speichel möchte ich nicht nur schmecken und herunterschlucken „müssen", sondern nach und nach „wirklich wollen". Besonders Deine vorgekaute Zwangsernährung lässt bei mir alles "erklingen". Ich glaube, Du kannst Dich sehr gut in Menschen einfühlen?!

Ich bin ein guter Mitspieler und freue mich, wenn ich merke, wir können uns - in der Zeit des Zusammenseins wirklich nahe sein. Es wäre schön, wenn es zwischen uns passt, ich Dir sympathisch bin und Du dieses – für mich so bedeutende – Spiel gerne zelebrieren magst und in mir damit dieses erbebende Gefühl wieder wachrufst ...

Eine Mischung aus Nähe, Hingabe und Zwang mit einfühlsamer Erziehung um Deine Körperflüssigkeiten gerne und hingebungsvoll aufzunehmen.

Ich verspüre schon mein ganzes Leben immer wieder in einigen Abständen dieses Verlangen. Ich konnte das Gefühl dazu nur nicht recht „greifen", denn der Urin-Geschmack ekelt mich schon etwas. Und auch der fremde Speichel im Mund (das Schleimige) ist mir "auf Dauer" etwas eklig. Und trotzdem erlebe ich dabei höchste Glücksgefühle, wenn sich eine "verständnisvolle" Frau auf diese Weise ganz mit mir beschäftigt und mir zugetan ist, verrückt, oder?

Ich bin zwar kein Schmerzfan (und auch kein SM-Typ), Du „hilfst" mir aber sehr mit Ohrfeigen!!! Und nicht zu wenige… „grins"

Es würde mich sicher gut tun, wenn Du mir in einer Rolle als erfahrene Therapeutin und Bizarr-Ärztin nach der "Untersuchung" und dem Verhör Deinen Urin und Speichel verordnest. Und zwar reichlich !!

Wie eine gute Medizin – in direktem Kontakt zu Dir – langsam und ausgiebig mit Geschmacks - und Wirkungspausen. Ich träume wirklich schon lange von einer "Wochenend-Therapie" mit Ganztagstoiletten-Dienst und mind. 2 x am Tag eine Speichelfütterung. Auch meine Nahrung kann gut und gerne mit Deinen Körperflüssigkeiten verfeinert werden, wenn Du mich mal nicht mit dem Mund fütterst.

Generell erbebe ich, wenn Du mir Deine Nähe, Deinen Körpergeruch und Deine Körperflüssigkeiten zum Riechen, Schmecken, Lecken und natürlich schlucken verabreichst. Oder vorgekaute Lebensmittel, die ich aus Deinem Mund mit viel Speichel im Mund spüren, schmecken und essen darf.

Ich mag Augenkontakt sehr und es erregt mich sehr, wenn Du stark geschminkt bist. Überhaupt erregt es mich maßlos, wenn Du Dich ordinär benimmst und - wenn das für Dich okay wäre - nicht ganz reinlich wärest... Darf ich das so deutlich schreiben?? Ist das bei Sympathie denkbar?

Wenn ich Dich deutlich riechen dürfte, wäre das für mich noch eine ganz besondere Nähe, nach der ich mich bei einer Frau sehr sehne. Ich weiß, dass das fast immer tabu ist, es soll ja auch kein penetranter Gestank sein, aber ein deutlicher Körpergeruch würde mich noch näher an Dich heranbringen.

Ich würde mir noch mehr Mühe geben, dir eine gute Toilette zu sein und würde dir besonders gerne ein getragenes und vollgepisstes Höschen auslutschen wollen.

Ohne "Nase rümpfen " würde ich mich sehr vorsichtig und hingebungsvoll um Deine duftenden Füße kümmern wollen.

Besonders würde ich mich freuen, wenn Du Deine Füße "als Reinigungsmittel" mit Deinem NS und Spucke nass machst, damit ich noch einen besonderen Anreiz habe.

Zum Verständnis, damit Du mich nicht für eine unreinlichen und ekligen Typ hältst. Ich bin gepflegt und empfindlich und ekele mich normalerweise sehr vor unreinlichen Menschen und Körpergeruch.

Seltsamerweise kann das in einem besonderen Fall - bei Dir wenn ich weiß Du verstehst mich - umschlagen und möchte Dir meine Hingabe zeigen, und zwar besonders, wenn Du etwas unreinlich bist. Also: ein duftender Unterleib ist kein Grund, nicht hingebungsvoll Deine Toilette sein zu wollen !

Ich hatte vor 2 Jahren mal eine zärtliche Domina kennen gelernt, die allerdings nur bereit war, sich morgens an dem Tag des Treffens nicht zu waschen. Die Düfte waren dementsprechend dezent.

Ich denke heute noch an die geilen Gerüche in meinem Gesicht. Sie hatte mit durch die getragene Strumpfhose in den Mund gepisst und ich habe ihr anschließend die verpisste Möse geleckt. Hinterher gab's ein gezieltes Gesicht vollspucken und mit ihrer Zunge verschmieren. Oh Gott, war das geil. Ich hab mich hinterher nicht gewaschen und bin noch 2 Stunden mit ihren süßlichen Düften im Gesicht Auto gefahren !

Die wundervolle Dame macht leider nichts mehr. Und nun lese ich Dein wundervolles Behandlungsprogramm.

Besonders elektrisiert mich:

- versaute Verbalerotik

- Deine Einsaunummer im Gesicht !!! (gern mit all Deine Körper Flüssigkeiten, also auch Achse- und Fußschweiß. Mösensaft, Pisse und Spucke.

- wie gesagt: vorgekaute Lebensmittel aus Deinem Mund

- aber auch unter Deine Beobachtung z.b. einen Salat essen mit Deiner Pisse und als Dressing und obenauf weißlich glänzend eine Spucke-Schicht von Dir. Jedes Mal, wenn ich mit der Gabel die Salatblätter aus dem Schleim herausstochere, laufen Schleimfäden herunter. Ich möchte es wirklich erleben, dass mir dabei eine Frau gegenübersitzt, der es Spaß macht mich zu beobachten, mich dabei anspornt, versaut-dominant redet und mir zwischendurch ein oder zwei "Ohrfeigenpausen" verordnet, wenn ich mich ekele ! Ich möchte schon ganz lange eine Frau kennen lernen, mit der auch so etwas ganz versautes möglich ist. Die dabei zwar bestimmend ist, aber nicht gefühlskalt. Und die gerne Ohrfeigen gibt. Auch in Kaskaden mit Wirkungspausen, z.B. links und rechts je 5-6 mal, dann 2-3 Minuten Pause. Dann wieder eindringlich ansehen, Kinn anheben und dann weiter ... Oh ja, es wäre schön, wenn Dir meine Neigungen zusagen und Freude bereiten, besonders, wenn Du an meiner Mimik und meiner Hilflosigkeit erkennst, wie schwer es mir schon nach dem vielleicht schon 3. Schluck fällt, Deinen Urin weiter zu trinken, je nachdem wie „Du schmeckst". Das kenne ich ja von mir. Auch dieses Gefühl möchte ich bei Dir spüren: wenn ich meine erste Trinkübung (mit Ohrfeigen) geschafft habe – und Du hoffentlich mit mir zufrieden bist – und der Überwindungsschweiß noch nicht ganz unter den Armen getrocknet ist, sagst Du mir (während Du mir wieder das Kinn anhebst und mich ansiehst), dass heute noch eine zweite Tränkung auf dem Programm steht. Wenn ich mich entsprechend angestrengt habe, darf ich auch Deine Toilette werden !

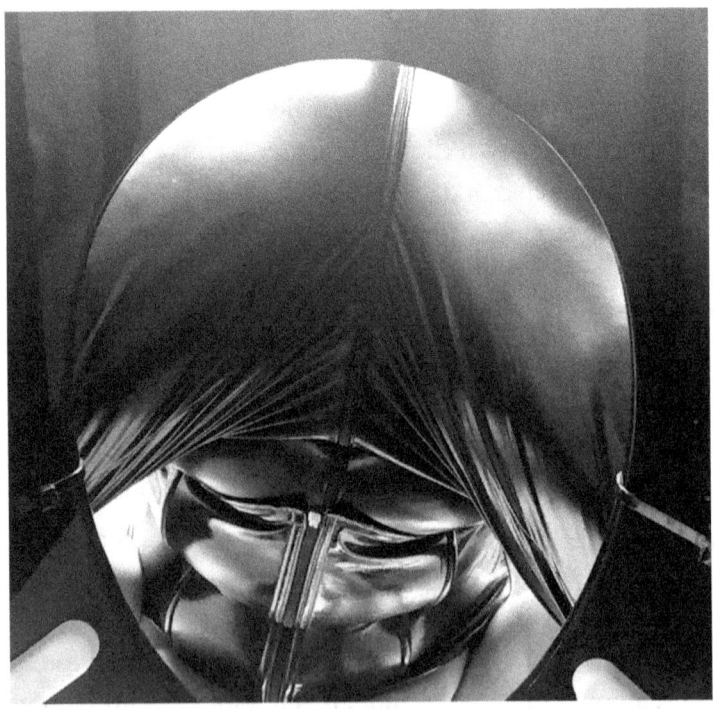

Du kannst mir auch gerne mit einem NS-getränkten Brötchen füttern oder mir noch in das Pisse-Glas spucken, damit es wie ein Bier mit Schaum aussieht …

Würdest Du mich kennen lernen wollen, was meinst Du? Gespannte, liebe, devote und hingebungsvolle Grüße von Sven aus Berlin

Er konnte wahrlich gut mit Worten umgehen und nun wusste ich in groben Zügen sein ganzes Leben. Nur – wollte ich dies alles wirklich wissen? Es folgten – wie könnte es bei mir auch anders sein – weitere Mails. Schließlich habe ich ihm geantwortet.

Meine Brüste nannte er eine Offenbarung. Titulierungen wie Grand Madame, Frau Doktorin, erfahrene Therapeutin, Menschenkennerin gefielen mir gut. Und er nannte mich seine persönliche Königin. Bei den ganzen Komplimenten entschied ich mich, ihn näher kennenlernen zu wollen.

Hingebungsvoll, innig, beglückend, vergöttern – Worte die mir gefielen. Zwischenzeitlich kannte ich auch sein ganzes Leben – von seiner Kindheit, Zeiten im Heim wo er seine Domina-Neigung erkannte, sein Alltag, Beruf, Hobbies, Freizeit. Und seine Fantasien, die er sich mit mir ausgelebt vorstellen konnte. Er stellte Gemeinsamkeiten fest.

Weiter bot er mir Freundschaft, Vertrautheit an – wollte mein devoter Lebensbegleiter sein …

Und er schrieb und schrieb, stellte viele Fragen, dachte oft an mich, ich kam in seinen Träumen vor- endlos …

Seine Begeisterung von mir, unbekannter Weise, nahm kein Ende. Er kannte Bilder von Portalen und wie ich ihm schrieb. Daraus bastelte er sich ein Bild, hob mich auf einen Altar.

Dann telefonierten wir. In diesem Telefonat erklärte ich ihm, dass ich weder seine Angebetete, noch hoch stilisierte Göttin, noch seine Superwoman- Domina sei, sondern eine ganz normale Frau.

Okay, vielleicht nicht ganz normal, aber mit beiden Beinen im Leben und der dominanten Neigung die ich an meine Sklaven weitergab. Für Geld. Simpel, schnöde, ohne Gefühl. Peng – das saß. Und tatsächlich - danach war Ruhe! Allerdings nur für eine Woche. Seither schreibt er mir immer wieder, regelmäßig, etwa einmal die Woche. Er hat mir auch schon einen Amazon-Gutschein zukommen lassen. Eine liebe Geste. Erik möchte mich im Spätsommer gerne persönlich kennenlernen. Da kommt er in unsere Gegend. Da bin ich gespannt.

# Kapitel 32 - Funny names

Leider kann ich noch immer nicht zwischen den nur Dummschwätzern und den ernstgemeinten Anfragen unterscheiden. Okay, wenn mir einer fünf Mal eine Mail schreibt und jedes Mal nicht bemerkt, dass es sich immer um dieselbe Frau handelt, kein Thema, nur ein Wichtigtuer, Dummkopf. Aber bei den Anrufern fällt es mir eher schwer, da gebe ich gerne und bereitwillig Auskunft. Rede über Vorlieben, Neigungen. Und jedes Mal höre ich wie sympathisch ich doch sei, sie wären bei mir bestimmt gut aufgehoben, sie wollen eine dauerhafte Beziehung zu einer Domina ...

Schön. Natürlich höre ich gerne Komplimente. Und ich weiß auch, dass ich mich immer sehr einbringe. Jörg meint: mach es kurz, erzähle nicht zu viel. Sag wo du bist, was du kostest und wann sie kommen können. Basta.

Komisch ist wenn jemand mich total ausfragt und bei der Nachfrage nach seinem Namen erst mal überlegen muss, bevor er ein gelogenes Markus, Stefan oder Andreas hervorbringt.

Das sind dann diejenigen, die mit unterdrückter Nummer anrufen. Private Nummer ist meistens Mist. Soviel habe ich schon gelernt. Und je mehr einer angibt, was er nicht alles für Kleidung, Ausrüstung und Videos zu Hause hat, desto weniger möchte er wirklich kommen. Oft wollen die Männer nur mal mit einer Domina sprechen und hören, was für tolle Kerle sie doch sind.

Diejenigen die meinen sie seien besonders kreativ und lustig nennen sich dann in ihrer Mail-Adresse so: Boeing 747, Hausgeist, Geiler, Latexgier, Stiefelknecht, Sklavensau, Hurenzofe, Windeljunge, Susikuss, manu-devot, Leckermäulchen, Lederarsch, Killergirls ...

Nomen est Omen? Bei den meisten schon. Windeljunge wollte Baby sein und die Windeln von mir gewechselt haben. Ich verneinte. Nicht meine Welt, nicht mein Ding. Hausgeist wollte immer für mich da sein, putzen und mein Haus Sklave sein. Auch da musste ich verneinen. Ich habe bereits einen Ehemann, der für mich als immer bereiter Haussklave zur Verfügung steht, also mein persönlicher 24/7 Sklave ist. Ich brauche also keinen zweiten Mann ständig bei mir.

Auch bei Susikuss musste ich ablehnen. Ich erziehe keine Frauen, möchte Frauen weder quälen noch dominant behandeln. Eigentlich. Frau Doktor war da die Ausnahme. Oder Hurenzofe. Ein Mann der Frau sein möchte, sich so schminken, kleiden und Nylons mit Highheels tragen. Dies habe ich noch nie gemacht, daher weiß ich nicht so genau wie ich es in der Praxis handeln würde. Zumindest mache ich keine Kleidereinkäufe oder gar Hausbesuche. Egal ob mit weiblich angehauchten Sklaven oder dem klassisch devoten Sklaven. Auch Essengehen oder mich als Domina verkleidet mit Sklaven draußen in der Stadt zeigen lehne ich ab. Viele wollen den Friseurfetisch ausleben, meine Haare färben und schneiden. No go!

Übrigens ist der komplette weiße Bereich, also alles was mit Klinik zu tun hat, bei mir tabu. Einläufe, Katheter, Klistiertherapie, Gyn-Stuhl, spritzen, nähen, Prostata-Behandlungen, Vorhaut-Untersuchungen …

Und anal. Die Männer mit einem Umschnall-Dildo in den Hintern ficken. Sehr beliebt übrigens. Es ist wohl sehr demütigend und erniedrigend für das männliche Geschlecht wie eine Stute oder Frau von hinten genommen zu werden.

Doch dies ist auch nicht mein Ding. Nein, mit Fäkal Bakterien möchte ich nichts zu tun haben.

Einen speziellen Mail-Kontakt muss ich hier noch erwähnen. Dass alles möglich ist weiß ich schon. Die Anfrage von einem Schreiner klang zuerst ganz einfach. Er fragte ob ich eine Session mit KILLER GIRLS und Crush Cuties machen würde.

Keinen Schimmer was er meinte. Ich musste googeln. Und erschrak ... Doch irgendwie sind die meisten Menschen des Lesens nicht mächtig – bei meinen  Tabus steht ganz klar: kein Anal, keine Drogen, keine Kinder – und nichts mit Tieren.

Wobei wir beim Thema wären: Tiere. Die dominanten Ladies alias KILLER GIRLS quälen Tiere, zertreten sie ...

Irgendwie kann ich es nicht so ganz nachvollziehen und verstehen. Wir haben doch in Deutschland ein Tierschutzgesetz. Und immer und überall wird gegen die miserablen Zustände gerade bei der Schweinehaltung, Rindern, Legebatterien und Gänsen protestiert. Leute gehen auf die Straße, demonstrieren gegen Wal Schlachtungen, die Pelzindustrie. Aber was hier im sexuellen Bereich mit Tieren passiert sollte wirklich verboten werden.    Klar, in Deutschland ist diese sexuelle Fantasie vielmehr die Ausführung verboten. Doch dank Internet kursieren dort jede Menge Videos. Dort zertreten oder zerquetsche Damen Kleintiere. Ich möchte diese Abart mal zusammenfassend auf den Punkt bringen: Unter „Animal Crushing" wird eine Tierquälerei bezeichnet, bei der Kleintiere durch Quetschungen getötet werden. Dieses Zertreten mit den

Füssen, eine Art Fuß-Fetisch, wirkt auf den Mann sexuell erregend.

Sado – Maso – ein bizarrer Bereich – oft grenzwertig. Lust oder Laster? Bedürfnis oder Befriedigung? Hausfrauensex oder die hardcore-Variante? Erlaubt ist wie es gefällt – wie und was gefällt, wie immer und bei allem im Leben halt.

Sado maso – das heißt Lust oder Befriedigung durch die Zufügung oder das Erleben von Schmerz, Macht oder Demütigung. Das ist eigentlich jedem klar, der sich in dieser Szene auskennt oder zu einer Domina geht.

Das Wechselspiel von Dominant und Devot, Herrin und Knecht, Domina und Sklave.

Doch woher kommt das Ganze? Hier einmal einen kleinen Ausflug in die Historie:

Bereits im fünften Jahrtausend vor Christus wurden auf Tontafeln in Keilschrift Aufzeichnungen gefunden, in denen die sumerische Stadt-Könige Rituale durchführten, in welchen sie sich der Göttin (deren Priesterin) zu unterwerfen hatten.

Im neunten Jahrhundert vor Christus fand man in der Nähe der griechischen Stadt Sparta religiöse Stätten wo es zu rituellen Flagellationen (Auspeitschungen) kam.

Selbst im bekannten indischen Kamasutra, dem traditionellen Leitfaden für Erotik und Liebe, etwa 200 Jahre nach Christus verfasst, finden sich diverse Schlagarten beim Liebesspiel.

Weiter im Mittelalter: die Liebe bei Hofe – sklavische Unterwerfung, Dominanz, Hingabe. Vorläufer des BDSM wenn man so will. Auch in der Literatur bei Fanny Hill aus dem Jahre 1749 werden ausführlich Flagellation – Szenen beschrieben. Ja – der Lustschmerz taucht immer wieder in der Historie auf.

Zwei berühmte Namen die eng mit den Begriffen Sadismus und Masochismus verbunden sind: Marquis de Sade und Leopold von Sacher-Masoch. Zwei berühmte Namen die eng mit den Begriffen Sadismus und Masochismus verbunden sind: Marquis de Sade und Leopold von Sacher-Masoch. Herr Sacher-Masoch verfasste unter anderem das Werk „Die Venus im Pelz". Dieses historische SM-Kultwerk stammt aus dem Jahre 1870. Darin werden die extremen

Wechselbäder der Gefühle beschrieben, die der "Sklave" Severin durch seine Herrin Wanda erfährt, die ihn in ihrer feminin-dominanten Rolle als Venus im Pelz an seine körperlichen und geistigen Grenzen treibt.

Schon sehr spannend wenn man die historischen Hintergründe sieht und weiß, wie weit SM eigentlich zurückgeht. Und sich diese Form der Lustgewinnung in immer wiederkehrender Form doch bis heute hält.

# Kapitel 33 – Not enough

Wohin das Ganze mit meinem Zweit-Job führen soll, weiß ich noch nicht. Soll ich die Richtung ändern? Wann hab ich genug von meinem Doppel-Leben? Neulich war ich privat aus, nichts großes, einfach auf ein Bier mit ein paar Freunden. Ich trug meine geliebte Lack Hose, Lederstiefeletten, dazu ein schwarzes Top mit Glitzer und großem Ausschnitt. Da traf ich auf einen alten Bekannten der mich lange nicht mehr gesehen hatte. Er war schon angeheitert, nein, eher volltrunken. Er hat mich von oben bis unten betrachtet, sehr langsam und ruhig, dann umarmt und folgendes zu mir gesagt:

„Hast du das nötig? Du siehst aus wie eine Edel-Nutte!"

Peng. Das saß. Ich dachte nur – wenn du wüsstest was ich so nebenbei treibe, dann liegst du wahrlich nicht ganz falsch. Wobei ich mich niemals in der Rolle einer Prostituierten gesehen habe.

Trotzdem wurde ich nachdenklich, wollte in keinem Fall wie eine käufliche Dame wirken. Aber bekanntlich sagen Kinder, Narren und Betrunkene ja die Wahrheit.

Ich sehe mich eher als Beraterin, als eine Frau der man seine geheimsten Wünsche anvertraut und bei der Man(n) seine Neigungen (Materialfetische) oder Qualen (mit der Peitsche oder mit Worten) sowie Rollenspiele ausleben und erleben kann.

Geschlechtsverkehr habe ich niemals mit meinen Kunden und wer mich anfassen darf entscheide ich. Aber dazu muss ich Lust haben und der Mann muss mir angenehm sein. Ich freue mich über liebe Worte, Männer die sich bei mir verstanden fühlen, die mir von ihren Partnerinnen erzählen. Oft rate ich ihnen dazu, ihre Frauen langsam an ihre devoten Vorlieben heranzuführen. Vielleicht sind die Frauen ja gar nicht so abgeneigt. Reden hilft da ungemein. Schön finde ich das Frauenbild meiner Sklaven. Frauen sind für sie die Herrinnen, Herrscherinnen, Königinnen, Göttinnen, einfach etwas Wunderbares.

Man wird auf einen virtuellen Thron gestellt. Schön finde ich auch, wenn meine Gäste mir mit Pralinen, Sekt oder Obst eine kleine Freude machen.

Zum ersten Mal dachte ich über einen Ausstieg aus der Domina-Szene nach. Und zwar ernsthaft. Auch meine Swinger-Club-Abenteuer konnten nicht ewig so weiter gehen.

Wann wollte ich da einen Schluss-Strich ziehen? Bei 100 Männern, bei 1000? Hatte ich noch immer nicht genug? Was sollte Neues kommen?

Da fällt mir eine neue Club-Location ein. Schweiz. Tiefste Provinz. Schöner, großer Club. An zwei Terminen im Monat ist ein sogenannter „Männerüberschuss"-Abend und die Damen dürfen sich Männer aussuchen und diese mit aufs Zimmer nehmen. Dann nach einer Stunde spielen dürfen andere Männer dazukommen, wenn man dies möchte. Man kann sich beliebig viele Männer aussuchen – und wer Lust hat kommt mit. So eine Art Supermarkt – das Angebot bestimmt die Nachfrage.

Ganz einfache Sache. Und es waren viele schöne, junge und knackige Mannsbilder da. Aber es ist eigentlich immer dasselbe. Oft habe ich mich hingegen gefragt, wann schließe ich mit den Club-Erlebnissen ab. Es gilt, den richtigen Zeitpunkt zum Ausstieg zu finden. Gesehen habe ich inzwischen so ziemlich alles: viele nackte Männerkörper, schöne Schwänze, feste und knackige Pos, behaarte Oberkörper, glattrasierter Schambereich - alles dabei. Nichts was mich noch reizen könnte. Und oft halten sich die Männer für die größten Kerle, bloß weil sie jung sind und ihr

Schwanz binnen fünf Sekunden steht. Kein Reiz dabei, kein Prickeln – es ist zu einfach. Es zählen für mich auch Intellekt, nicht bloß ein gut gebauter Kerl mit einem Riesen-Penis. Doch diese männlichen Teile verfolgen mich – auch bei meinen Sklaven via Netz.

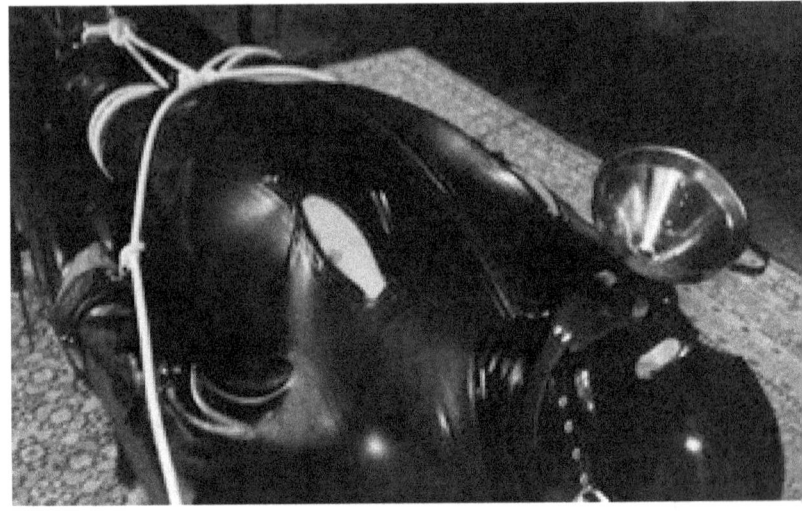

# Kapitel 34 – I show you my dick

Man sollte es wirklich nicht für möglich halten, was Frau via E-Mail, SMS oder MMS alles zu sehen bekommt. Abgesehen von den Lebensgeschichten, (die ich wenn ich ehrlich bin, auch nicht hören möchte), den Komplexen oder gar Selbst-Fehl-Wahrnehmungen oder Überschätzungen der eigenen Persönlichkeit. Alles in Wortform. Zum Nachlesen. Manchmal auch als Telefonat, damit man(n) zur besseren Visualisierung meiner Bilder im Portal eine Vorstellung von mir bekommt. Strenge Stimme, geile Bilder – ideale Wichsvorlage. Um das Kind beim Namen zu nennen.

Manche Typen erregt der Ton einer „Herrin", sie fragen dann wirklich dämliche Sachen nach, nur um meine Stimme zu hören. Der eine oder andere beschreibt mir auch seine Fantasie. Wenn ich gerade Zeit, Lust und Laune habe, dann bekommt er von mir eine schmutzige Geschichte geliefert ...

Das erregt sie förmlich. Ist für meinen Job aber eher kontraproduktiv, da sie ja nun nicht mehr zu mir kommen müssen – sie haben ja alles per Telefon bekommen. Umsonst. Ja ich bin halt manchmal ein gutmütiges Schaf. Harte Schale, weicher Kern.

Doch genau das ist der Fehler: es reicht Ihnen nicht, sie wollen immer mehr. Und dann wird es nervig. Ich berate weder per Mail, SMS noch am Telefon. Aber oft heize ich den vermeintlichen Kunden ein und es nimmt kein Ende.

Ein gutes Beispiel hierfür ist Lukas. Anfang 30, aus Österreich. Er war schon mal bei mir, seine devote Neigung kam von seiner strengen Tante. Ausgelebtes Tante Neffe Verhältnis. Bis er mich besuchte dauerte es, zahlreiche SMSen, Anrufe – und Bilder von seinem besten Stück. Er legte Hand an, wichste, spritze ab. Und wollte immer wieder Befehle dafür von mir.

Das Ergebnis gab es dann als Foto- oder Video-Nachricht. Anfangs fand ich es sogar ein wenig erregend, mit der Zeit langweilte es. Oft sind Männer wie Kinder, kommt das rudimentäre Verhalten der Jäger und Sammler zu Tage.

Es schrieben mir auch sehr junge Männer, Anfang Zwanzig, und alle wollten sie mir ihren harten steifen Schwanz zeigen. Besitzerstolz? Nun, wir Frauen haben nun mal kein solches Teil, aber spielen wir deshalb ständig an unserer Vagina herum und wollen diese allen zeigen? Eher nicht.

Männer sind sehr stolz auf das Gehänge zwischen ihren Beinen. Ist ihnen wichtig, Symbol der Männlichkeit. Sie zeigen es immer wieder gerne, ich musste mir neben erigierten Penissen auch schon einen pinkelnden Schwanz ansehen.

Dann erwarten sie immer ein Lob – wie toll doch ihr Schwanz aussieht, wie groß er ist und wie gut sie doch bestückt sind. Damit macht man die Männer unheimlich glücklich. Gut zureden, ermutigen – einfach mit Ihnen kommunizieren.

Und mit Verlaub was ich da an schrumpeligen, kleinwüchsigen, unschön geformten und einfach mickrigen Teilen so „live" manchmal zu sehen kriege, das braucht kein Mensch. Sehr verwunderlich oft auch, welche groß gewachsenen Mannsbilder doch ein wirklich kümmerliches Etwas aus der Hose zaubern.

Da heißt es cool bleiben. Motivieren, verbal alles geben damit das Teil anfängt zu wachsen. Immerhin sehe ich es auch als einen Art Vertrauensbeweis sich mir so splitternackt bei einer Session zu offenbaren, da bleibt nichts versteckt, da geht es um nackte Tatsachen.

Und oftmals packt der Typ „unauffälliger Büroangestellter", normal groß, normale Figur, angezogen in keiner Weise auffällig dann einen schönen, wohlgeformten Schwanz aus. Es müssen bei Leibe keine zwanzig Zentimeter sein, keine Frage.

Aber so fünfzehn Zentimeter und eine gewisse Dicke sind schon schön. Denn unter zehn Zentimetern wird es allein schon beim Kondom-Überziehen kritisch.

Da heißt es auch taktisch klug mit dem Schwanz umgehen, die schöne Brust, Augen oder sonstige Vorzüge des Mannes loben. Denn wie schon gesagt. Loben ist immer sehr wichtig. Ihnen mit Worten Selbstbewusstsein geben, dann folgen auch Taten.

Und beraten, beraten, beraten. Lebensberatung halt. Der etwas anderen Art. Aber ich kann auch seriös, mag inzwischen keine nackten Männer mit oft mickrigen kümmerlichen schrumpeligen Schwänzen mehr sehen. Jetzt wird es ernst, geht um die wirklich wichtigen Themen im Leben. Da bin ich ja mal gespannt welche Themen mich dort erwarten.

## Kapitel 35 - Life consultation

Lebensberatung. Auch dass noch! Irgendwie habe ich Hummeln im Hintern und will ständig was Neues anfangen. Lebensberatung. Mit Internetauftritt und Werbung in verschiedenen Portalen. Ganz seriös. Dachte ich jedenfalls. Obwohl – das mit dem „seriös" ist bei mir immer so eine Sache. Dazu später. Erst einmal mein Auftritt im Netz.

Herzlich willkommen auf meiner Seite

Ich berate Sie in allen Bereichen des Lebens. Themen wie ungünstiges Selbstbild, Lebensplanung, Liebes- und Beziehungskrisen, Sexualität, Ängsten, Trauer, Einsamkeit, privat-/beruflichem Stress bis hin zu Problemen in der Menopause sind mein Arbeitsgebiet. Bei mir gibt es keine Tabus beim Reden.

Wie die Erfahrung zeigt, öffnen Menschen sich eher Fremden gegenüber. Man spricht offener, ehrlicher und freier über seine Sorgen, fühlt sich nicht gleich verurteilt. Reden über Probleme hilft und nimmt ihnen oft die Schwere. Die Sichtweise aus einem anderen Blickwinkel bietet oft schon einen Lösungsansatz. In unserem Alltag muss alles immer schnell gehen, da bleibt oft wenig Zeit für Gefühle. Seine geheimsten Wünsche, sexuelle Fantasien, seine persönlichen Sorgen – sehr oft traut man sich nicht, diese seinem Partner, seinen engen Freunden mitzuteilen, sich einem Bekannten anzuvertrauen.

Oder man möchte nahe Menschen nicht damit „belasten", nicht darüber reden. Aus Scham? Wir leben in einer Gesellschaft die uns mehr Schein als Sein vorgibt.

Wer ich bin ? Ein kurzer Steckbrief :

Mein Name ist Eva Engel, ich bin 53 Jahre alt, verheiratet, drei Kinder, diplomierte Kommunikations-wissenschaftlerin.

Seit über 30 Jahren in der Unternehmensbranche tätig, leite ich seit etwa 20 Jahren zusammen mit meinem Mann ein kleines mittelständisches Unternehmen.

Meine Hobbies: Menschen, Familie und Freunde, Reisen, Lesen, Sport, gute Küche.

Warum ich das mache ?

Mein ganzes Leben stand ich auf der Sonnenseite, hatte viel Glück, konnte immer wieder einen Schritt nach vorne machen und so Erfolge verbuchen. Dieses Wissen, die Erfahrung, diesen Selbst-Wert, das Selbst-in-sich-Vertrauen würde ich gerne teilen, weitergeben.

Meine Stärke dabei: Ich würde mich selbst als Empath bezeichnen; kann mich auf Menschen und deren Leben, ihr Schicksal und Situationen einstellen, einlassen und „einfühlen", auf Leute eingehen, auf sie zugehen.

Reden und Zuhören – meine zwei Grundpfeiler. Lebenserfahrung und Toleranz sind weitere wichtige Punkte warum ich Menschen gerne helfen möchte. Es gibt für alles Tun im Leben einen Grund – ich vorverurteile niemanden. Helfen/Weiterhelfen, eine konkrete Lösung zu finden die zum Ziel führt ist mir ein Bedürfnis.

Im Laufe meines Berufs- und Privatleben habe ich schon einige Höhen aber auch Tiefen erlebt. Und so viel habe ich gelernt – schweigen, es „in sich hineinfressen" oder verdrängen hilft nicht, sondern macht uns krank. Damit umgehen, Situationen erkennen und auflösen hilft.

Was ich kann :

Ich gebe Hilfe zur Selbsthilfe. Ich sehe mich in der Funktion des Beraters und diene als Helfer, Anreger und Unterstützer. Psychosoziale Hilfestellung in

Lebenskrisen, sexuellen Fragen, Familienproblemen und in der Arbeitswelt sind meine Arbeitsfelder. Dabei kommen drei Grundpfeiler zum Tragen: Theoretisches Wissen, beratende Praxis und methodisches Training.

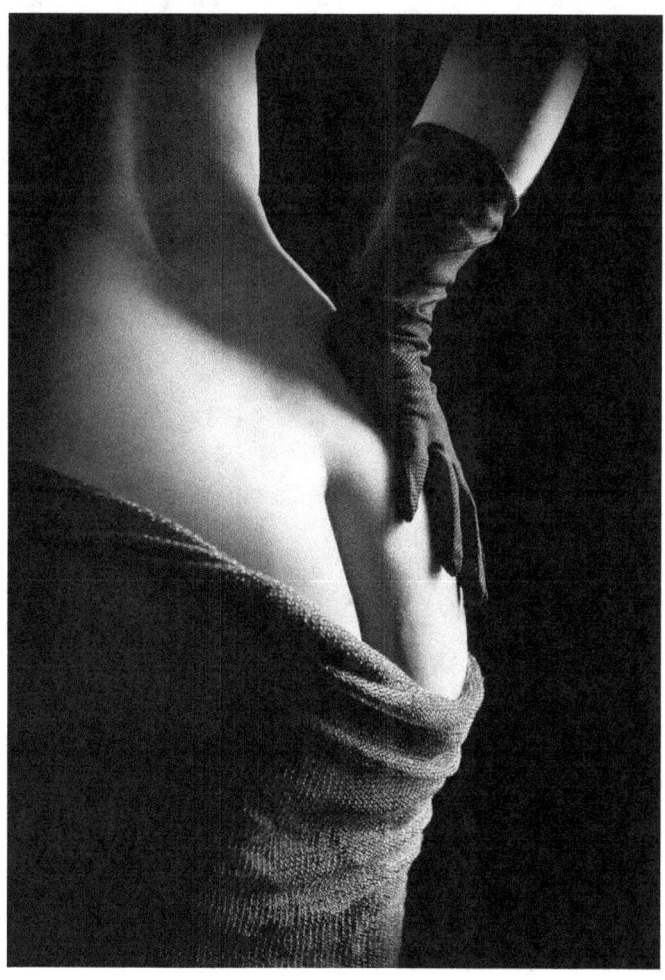

Themenschwerpunkte :

Ungünstiges oder falsches Selbstbild ablegen; Selbstsabotage beenden; Selbstvertrauen aufbauen; Selbstverantwortung; Stress reduzieren; Ängste erkennen, bekämpfen und Angstfreiheit erlangen; Aussöhnung mit Verletzungen aus der Vergangenheit; Beziehungskonflikte aufdecken und Lösungen finden; sexuelle Fragen aufgreifen – auch Tabuthemen; Lösungen emotionaler Blockaden; Lebensplanung – geschäftlich oder Privat; Zielfindung.

Nicht nur Tipps geben, sondern konkrete Hilfen/Lösungsvorschläge aufzeigen und mit den Klienten erarbeiten.

Zurück zu seriös. Was man nicht so alles tut. Manchmal komme ich durcheinander. Auch da ich ja nebenbei gerade meine Lebensberatung aufbaue. Da bin ich neulich beinahe ins Schleudern gekommen.

Mein erster Kunde. Am Telefon. Der Anrufer, Walter, 61, rief auf meinem „normalen" Handy an.

Er meinte, ich hätte da doch so eine Anzeige geschaltet. Ich begriff: mein erster Anrufer wegen Lebens Beratung. Schön! Sexuelle Probleme. Aha. Typisch – oder? Seine erste Frage: Werde ich bei Ihnen auch massiert? Ich verneinte. Falsche Baustelle.

Geduldig erklärte ich Walter, dass ich mit ihm reden würde. Und zwar nur reden. Keine Berührungen, kein Sex. Wir sprachen ungefähr zehn Minuten. Er war so ein typischer deutscher Mann: nicht besonders treu, immer Lust, aber jetzt kriegt er leider keinen mehr hoch. Ich empfahl ihn zur sexuellen Anregung seiner Libido doch mal einen Swinger-Club aufzusuchen. Da war er schon und jetzt schämte er sich weil er keinen mehr hochkriegt. Dann gab ich noch ein paar weitere Tipps – so in die Richtung: lade deine Frau mal auf ein romantisches Wochenende in ein Hotel ein, mach ihr Komplimente … Dann musste ich ihn terminlich leider vertrösten. Bin sehr gespannt ob er sich meldet und kommt. Der nächste vermeintliche Kunde. Wieder ein männliches Exemplar. Deutlich jünger. Kein Telefon, eine What s App.

Der Dialog:

Er: Guten Tag. Wie geht´s ?

Ich: Wer bist du?

Er: Habe deine Anzeige bei Markt.de gesehen.

Ich: Okay

Er: Du machst ja Beratung

Ich: Was hast du für ein Problem, wie darf ich helfen?

Er: Ich finde dich attraktiv. Zwinkerndes Smiley.

Ne oder – Anmache? Nur ein Kompliment zur Einstimmung?

Ich: Ich kann nur mit dir reden. Aber mit mir kann man über alles reden. Daume hoch Männle.

Er: Daumen hoch und Smiley Männle.

Auch Kaffee trinken?

Ich: Wenn du dafür bezahlst. Eine Stunde kostet 60 Euro. Bin aber erst wieder ab dem 1. Mai wieder verfügbar.

Er: Hast ein Bild von dir wo man dich ganz sieht?

Nicht schon wieder…

Ich: Warte – so mehr gibt es nicht.

Ich schicke ihm ein Foto mit Stiefeln, Hose langer Jacke. Mehr verhüllt geht nicht. So!

Er: Daumen hoch Symbol. Minirock würde dir auch gut stehen.

Ich: Nicht beim beraten – da bin ich seriös. Habe jetzt gleich Seminar. Gruß

Abwimmlungs-Taktik. Ich ahne in welche Richtung das Ganze sich bewegt ...

Er: Gruß zurück. Bist heiß. Daume hoch Männle

Ich: Ich weiß. Engel-Smiley.

Er: Zeig mir noch eins im Minirock.

Dann: ein Foto von seinem nackten Oberkörper. Unbehaart, muskulös. Tattoo. Und Handy in der Hand. Selfie.

Ich: Nein. Ich kenne dich doch nicht. Nein, ich schicke dir keine Wichs-Vorlage. Muss jetzt los.

So- ich hoffe einmal dass dies eine klare Ansage war!

Er: Hahahaha. Keine Sorge, brauche keine Wichsvorlage. Bin unterwegs und mach so was auch nicht.

Ruhe – ich habe darauf einfach nicht mehr geantwortet. Abends 18.27 Uhr. Wirklich Ruhe? Wie wenn ich es geahnt hätte. Kaum war ich am nächsten frühen Morgen online:

Er: Guten Morgen. Wie geht es dir?

Wie fantasievoll. Es war gerade einmal 6.43 Uhr. Ich überlegt – einfach ignorieren, dann geht das immer so weiter. Daher entschloss ich mich zu einer Antwort.

Ich: Guten Morgen. Ganz gut. Was möchtest du denn? Ich biete Beratung an – nicht mehr und nicht weniger. Leider habe ich weder die Zeit noch den Nerv immer zu schreiben. Also überleg es dir ob du mal eine Stunde buchen willst.

Genieße den schönen Tag heute!

Er: Ok. Danke du auch.

So. Schluss. Ende. Komisch ist dabei schon, dass ich immer geduzt werde. Und weiter überlege ich mir, wie so ein junger Mann auf mein Profil stößt und sich eine Anmache überlegt. Das Profilbild ist ein Portrait von mir. Nicht anzügliches dabei.

Irgendwie verfolgen mich die Männer – ob in Facebook, auf Skype oder XING. Jetzt sogar hier.

# Kapitel 36 – Learn for life

Es lief gut mit der Lebensberatung. Nein, sehr gut. Da mir bald alles gleichzeitig zu viel wurde, hängte ich die Domina an den Nagel. Neben der Leitung eines mittelständischen Unternehmens zusammen mit meinem Ehemann, kümmerte mich daneben nun in erster Linie um die seelischen Anliegen meiner Mitmenschen.

Zurück zum seriösen Leben – anerkannt, mit Achtung, positivem Feedback in meinem Bekanntenkreis. Oft auch Missgunst. Selbstverständlich nicht ausgesprochen, eher unterschwellig. Und gelegentlich mit dem neidischen Seitenblick: kann die denn sowas, hätte ich der gar nicht zugetraut, na ja Hobby halt ... und dergleichen spitzfindigen Bemerkungen.

Jeder kann alles was er nur will. Man muss es nur Tun, nicht bloß reden. Machen statt mäkeln, der Theorie müssen Taten folgen. So meine Devise, damit bin ich seither immer sehr gut gefahren.

Doch es kostete oft Kraft, sehr viel Kraft. Und Geduld. Lebensberatung ist eine gute Schule für sein eigenes Leben. Oft kommen einem die Sorgen und Nöte anderer Leute sehr bekannt vor. Bei Fremden sieht man oft klar, ist der Blickwinkel ein anderer. Um Ratschläge, Tipps und Lösungen war ich nie verlegen.

Doch das eine oder andere Mal war ich sprachlos. Zum Beispiel bei Herrn Werner, Doktor Werner, Mediziner. Sehr gute Sprecherstimme, er fragte mich aus. Nach meinen Vorbildungen auf dem Gebiet der Beratung. Sein gutes

Recht. Nun, ich konnte weder auf psychologischem, sozialpädagogischem noch soziologischen Terrain wirklich eine fundierte Ausbildung aufweisen.

Learning by life – so meine Vorgehensweise. Dies sagte ich ihm. Er fragte mich weiter aus, persönliche Dinge. Was ihn wiederum eigentlich nichts anging. Ich ahnte in welche Richtung das Gespräch tendierte. Und behielt Recht. Am Ende des Gesprächs dann: „Genauso eine Frau wie dich (warum duzen mich immer alle ungefragt ???) suche ich – zum Heiraten!"

Damit konnte ich allerdings nicht dienen, bin ja bereits über 30 Jahre verheiratet. Und ja, danke der Nachfrage, auch sehr glücklich. Ja ja seriöse Beratung und so. Wie um alles in der Welt kommt ein Mann darauf auf so einem Portal sich eine Frau zu suchen?

Irgendwie zieht es mich magisch an – nicht die Probleme, da suche ich gerne Lösungen dafür, oder baue Selbstbewusstsein auf, gebe Menschen positive Affirmationen – nein das „Andersartige", das was ich wohl gegenüber anderen Menschen ausstrahle.

Dieses „Mehr" von mir wollen, mich als Person wollen. Warum auch immer. Ich weiß ja dass ich stark polarisiere.

Die einen mögen mich, es entsteht sofort Sympathie, es wird etwas bewegt, es entstehen „positive vibrations". Für die anderen bin ich der schräge Paradiesvogel: zu laut, zu schnell, zu entscheiden, zu bestimmend.

Ich rede nicht gerne um den heißen Brei herum, ich treffe Entscheidungen. Konkret. Umsetzbar. Damit können viele nicht umgehen, da muss schon etwas Drama her.

Ein Jahr mache ich das Ganze jetzt schon und nun stellt sich die Frage: expandieren, Berater dafür gewinnen oder einfach einen Schlussstrich ziehen und mich wieder ganz auf mich besinnen?

Gelernt habe ich sehr viel in diesem Jahr. Viele Schicksale haben mich bewegt, erschüttert, sind mir sehr nahe gegangen. Und ich kam an meine Grenzen.

Als Domina an meine körperliche, als Beraterin an meine mentalen Grenzen.

Es drehte sich oft im Kreis, keine wirklichen Vorwärtsbewegungen waren erkennbar. Bei wieder anderen Menschen und Schicksalen fand ich durch „gut zureden" schnelle, einfache und gut umsetzbare Lösungen. Doch man muss auch loslassen können, sich nicht ständig gedanklich mit den Menschen beschäftigen. Genau dies fiel mir als Empath schwer, ich nahm die Sorgen dieser Personen quasi mit ins Bett. Eigentlich ein rund um die Uhr Job. So konnte es nicht weitergehen.

Ich traf eine Entscheidung: anstatt zu vergrößern hörte ich auf. Das gesamte Geld als Domina und als Lebensberaterin habe ich gespart. Für schlechte Zeiten? Nein, um etwas

Neues zu beginnen? Warum eigentlich nicht. Keine schlechte Idee. Ich machte eine Liste mit allen meinen Hobbies, Interessen, Fähigkeiten und Leidenschaften. Hier mein brainstorming:

Lust auf Reisen, möglichst exotische Ziele, bin ein bekennender Inselfan, gerne abseits des „normalen" Tourismus, mag Land und Leute. In meinem neuen Tätigkeitsfeld sollte das Leben, Lieben und Lachen nicht vergessen werden, Menschen, Ansichten, andere Kulturen, dabei ist mir die Ernährung wichtig, was isst man wo? Wie unterscheidet sich unsere Lebensform von anderen Ländern? Und ein weiteres großes Steckenpferd von mir: Sport. Nicht immer Sportstudio, auch einfache Sportarten wie Radfahren, Schwimmen....oder landestypische Formen der Bewegung kennenlernen.

Natürlich spielt auch Sex weiterhin eine wichtige Rolle in meinem Leben, interessiere ich mich für Clubs, sexuelle Vorlieben. SM fernab der Heimat.

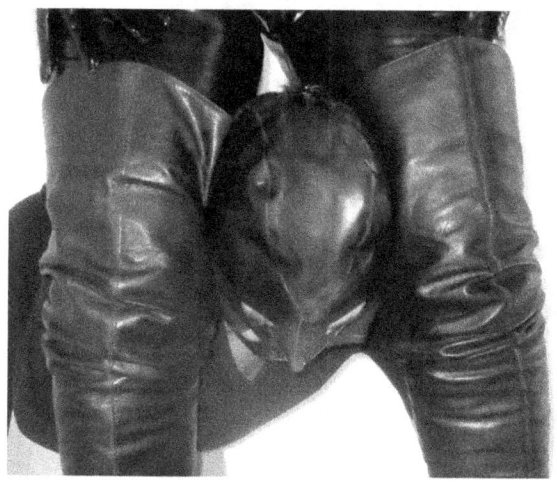

So kam ich zu folgendem Schluss: ich biete an:

„Individual-Reisen der etwas anderen Art".

Dazu könnte ich mir drei verschiedene Grundbausteine, je nach Zielgruppe, als gut realisierbar vorstellen:

1.) Bewegung und Ernährung, als Beispiel „Boot Camp" am Meer, Berge, radeln an der Copacabana, Klettern auf Hawaii. Dazu gesunde, landestypische Ernährung, regionales Obst, Gemüse.

2.) Sinnfindung, Esoterik und Gesprächsgruppen. Better life, Entschleunigung, Achtsamkeitstraining. Reiseziele wie Indien, Bali etc. sind hierzu bestens geeignet.

3.) Sex und SM – swingen im Ausland – wer treibt`s wie und wo und mit wem?

242

Als Gesamtpaket auch eine „Around the world Kur" – reisen um die Welt mit jeweiligem Bezug auf eine der beschriebenen Säulen. Achtsamkeit, Selbstfindung, Fokus auf Ernährung und Bewegung sowie die Erkundung der Kultur einmal anders. Gerne auch gepaart mit Sex international. Es muss ja nicht immer gleich Partnertausch, Gangbang oder SM sein …!

Vielleicht nur für Frauen? Oder Ehepaare? Kleine Gruppen, gemischte Gruppen, Singles – Möglichkeiten fallen mir da sehr viele ein. Eventuell ein Ansatzpunkt um dabei abzunehmen? Und gleichzeitig Gesprächsrunden, „Seelenbegleitung".

So könnte ich alles über meine organisatorischen Fähigkeiten (gut für ferne Länder), meine Sprachkenntnisse, mein neues Selbstbewusstsein und meine Erfahrung als Lebensberaterin gut einbringen. Und dominantes Auftreten habe ich allemal, so kommt mir keiner zu nahe.

Warum nicht? Geführt und doch individuell. Das würde mir Spaß machen, das könnte ich !!! Eine neue Erfahrung, ein neuer Plan. Ich fackelte nicht lange und entschied: das mache ich!

In meinem Kopf entstand schon der erste Probedruck für einen Flyer, überlegte ich erste Werbeprojekte, dachte über meine Zielgruppe nach. Ich hatte wieder Lust auf etwas neues, wollte etwas bewegen und ins rollen bringen!

Ja – es fühlte sich gut und richtig an!

Mal sehen wie das Projekt anläuft. Eine (weitere) sinnvolle Wendung in meinen Leben? Zumindest eine weitere Erfahrung! Und Schließlich habe ich in der Theorie ja genügend über Sinnfindung erzählt.

Das Ganze ist vielleicht ein wenig abseits der Norm – aber von Abartigkeit weit entfernt. Dafür aber anders ...

www.ingramcontent.com/pod-product-compliance
Lightning Source LLC
Chambersburg PA
CBHW070554130626
46556CB00001B/149